KB099965

천산루

天山樓

조도형 新무협 판타지 소설

FANTASTIC ORIENTAL HEROES

천산루 4

조돈형 新무협 판타지 소설

초판 1쇄 찍은 날 § 2014년 9월 5일
초판 1쇄 펴낸 날 § 2014년 9월 10일

지은이 § 조돈형
펴낸이 § 서경석

편집부장 § 권태완
편집책임 § 박은정

펴낸곳 § 도서출판 청어람
등록번호 § 제387-1999-000006호
등록일자 § 1999. 5. 31
어람번호 § 제2-2526호

주소 § 경기도 부천시 원미구 부일로 483번길 40 서경B/D 3F (우) 420-822
전화 § 032-656-4452 팩스 § 032-656-4453
http://www.chungeoram.com
E-mail § chungeorambook@daum.net

ⓒ 조돈형, 2014

ISBN 979-11-316-9176-2 04810
ISBN 979-11-316-9083-3 (세트)

※ 파본은 구입하신 서점에서 교환하여 드립니다.
※ 저자와 협의하여 인지를 붙이지 않습니다.
※ 이 책은 도서출판 청어람과 저작자의 계약에 의해 출판된 것이므로,
　무단 전재 및 유포 · 공유를 금합니다.

天山樓

천산루

조도형 新무협 판타지 소설

FANTASTIC ORIENTAL HEROES

4

도서출판 청어람

天山樓
천산루

26장

미
끼

　“네, 네놈이 그, 그걸 어찌······.”

　곡주가 더 이상 커질 수 없는 눈동자와 쩍 벌린 입술을 덜덜 떨며 진유검을 바라보았다.

　자신의 반응이 진유검의 말을 인정하는 것임을 의식할 여유도 그에겐 없었다.

　“역시 그렇군. 확신은 했지만 그래도 혹시나 하는 마음이 있었는데 곡주가 이렇게 인정을 하니 모든 의문이 사라졌소이다.”

　진유검이 능글거리는 웃음을 지으며 아차 하는 표정을

짓는 곡주와 주변 수하들을 둘러보았다.

"루… 외루라니요?"

유상이 곡주 못지않게 놀란 얼굴로 물었다.

"산외산, 루외루. 내가 말하지 않았나?"

진유검이 여유롭게 웃으며 되물었다.

"말도 안 돼!"

유상은 믿을 수 없다는 듯 고개를 흔들었다. 곽종과 여우희 역시 기함한 표정이었다.

무황성을 떠난 직후, 그들은 진유검에게 세외사패가 하나로 일통되었으며 어쩌면 그들의 배후에 무림삼비 중 하나인 산외산이 연관이 있을지도 모른다는 말을 들었다.

그들은 진유검의 말을 믿지 못했다.

별다른 증거도 없었고 무엇보다 그의 말을 믿기엔 무림삼비라는 전설이 너무도 허황되기 때문이었다.

그런데 이번엔 또 다른 무림삼비 루외루가 나타났다.

음부곡의 곡주가 진유검의 말에 부인하지 않자 세 사람은 진유검의 말이 거짓이 아님을 비로소 깨달을 수 있었다.

"흐흐흐! 내가 재밌는 거 하나 더 알려줄까요?"

전풍이 괴소를 흘리며 세 사람을 바라보았다.

진유검의 엄명으로 지금껏 근질거리는 입을 억지로 다물고 있었던 전풍의 눈동자가 반짝반짝 빛났다.

"무림삼비잖소. 천외천, 산외산, 루외루."

"그, 그런데?"

곽종이 마른침을 꿀꺽 삼키며 되물었다.

"산외산은 세외사패 쪽에, 루외루는 눈앞에 나타났고. 그러면 천… 외천은 어디에 있을 것 같소?"

"서, 설마, 천외천도 이미 무림에 나왔다는 거야?"

유상이 경악 가득한 얼굴로 물었다.

슬쩍 진유검의 눈치를 살핀 전풍은 그가 별다른 제지를 하지 않자 신이 나서 떠들었다.

"당연히 나왔소. 나와도 한참 전에 나왔지. 그리고 형님들과 누님도 알고 있소. 아~ 주 잘 알고 있는 곳이라오."

"……."

전혀 감이 잡히지 않았던 세 사람은 서로의 눈치만 살피며 전풍의 다음 말을 기다렸다.

"쯧쯧, 이렇게 감이 없어서야. 명색이 무림삼비잖소. 전설에서나 내려오는. 그런 곳이 무림에서 활동을 한다면 얼마나 막강한 힘을 자랑하겠소. 그야말로 천상천하유아독존이지."

자신의 비유가 그럴듯했는지 스스로 만족한 뿌듯한 웃음을 흘린 전풍은 오만상을 찌푸리는 세 사람의 반응에 또 한 번 만족한 미소를 지었다.

"아직도 모르겠소? 그럼 어쩔 수 없이 내가……."

"혹, 무… 황성인거야?"

여우희의 물음에 전풍의 말문이 막혔다.

"어떻게 알았소?"

약간은 당황스러워하며 되묻는 전풍의 모습에 여우희는 물론이고 곽종과 유상의 입이 쩍 벌어졌다.

"맙소사! 무황성이 천외천이었다니!"

"이, 이건 정말 말도 안 되는 일이야!"

곽종과 유상은 머리카락을 쥐어짜며 고개를 흔들었다.

"무황께서 인정을 하신 건가요?"

여우희의 물음에 진유검은 살짝 웃으며 고개를 끄덕였다.

"뭐, 인정이랄 것도 없습니다. 옛날부터 알고 있었으니까. 또한 저들 역시 알고 있는 사실이지요."

진유검이 음부곡의 곡주와 장로들을 가리키며 말했다.

진유검의 말대로 그들은 무황성이 천외천이라는 말을 들으면서도 전혀 당황하는 모습이 아니었다.

오히려 진유검이 그 사실을 알고 있다는 것에 놀라는 얼굴이었다.

"대체 언제부터……."

뭔가 질문을 더 하려던 여우희는 극도의 혼란스러움 때

문인지 질문을 이어가지 못했다.

"역시 한통속이었어. 의협진가 놈들은 무황이 천외천의 후예인지 처음부터 알고 있었던 것이군."

곡주가 진한 살기를 내뿜으며 말했다.

"당연하지. 주군께선⋯⋯."

분위기에 취한 전풍이 진유검이야말로 무명초자의 진정한 후인이라는 비밀을 발설하려는 찰나, 진유검이 매서운 눈빛으로 그의 입을 틀어막았다.

그런 전풍과 진유검의 모습을 보며 잠시 의문을 가진 곡주는 이내 머리를 흔들었다.

지금 중요한 것은 의협진가와 천외천의 관계가 아니라 진유검이 어떻게 지금껏 단 한 번도 외부로 노출되지 않았던 자신들의 정체를 파악했느냐는 것이었다.

"궁금한 얼굴이구려. 내가 어떻게 음부곡이, 당신들이 루외루의 후예인지를 알아냈는지가."

"어차피 결과는 변하지 않겠지만 솔직히 궁금하기는 하다. 약속하지. 어찌 알아낸 것인지 사실대로 말해준다면 최소한의 고통으로 보내주겠다."

"살려준다는 소리는 안 하는군."

"당연히. 이런 짓을 하고도 목숨을 부지할 생각을 하는 것이 웃기는 일이지. 만약 거부를 한다면 죽지도 살지도 못하게 만들어 죽음보다 더한 고통에 시달리게 만들어주마."

그 말을 증명이라도 하듯 곡주의 전신에서 뿜어져 나오는 살기가 음부곡 전체를 휘감았다.

진유검은 살기에 노출된 도화가 순식간에 시들어 땅에 떨어지는 것을 보면서도 피식 웃었다.

"할 수 있으면 해보든가."

진유검의 도발적인 언사에 곡주는 더 이상 참지 않았다.

지금까지 참은 것만으로도 이미 초인적인 인내력을 발휘한 그였다.

"토설에 필요한 입만 살려놓는다."

살기 찬 외침과 함께 곡주의 몸이 그대로 사라졌다.

사라졌다고 생각한 순간, 이미 진유검의 코앞까지 육박해 들어왔다.

가히 인간의 움직임이라고 할 수 없을 정도의 속도였다.

곡주가 움직이는 것과 동시에 옆에서 대기하고 있던 사대장로 역시 흉험한 살기를 내뿜었다.

진유검이 곡주를 향해 슬쩍 검을 뻗었다.

곡주가 교묘히 팔을 비틀자 그의 검이 진유검이 내뻗은 검을 살짝 스쳐 지나가며 심장으로 쇄도했다.

절체절명의 순간이 닥쳤음에도 진유검의 시선은 엉뚱하게 곡주가 아닌 동료들을 향해 움직이는 사대장로에게 향해 있었다.

"뒈져랏!"

곡주의 입에서 날카로운 외침이 터져 나오고 그의 분노가 한껏 담긴 검이 진유검의 심장을 관통했다.

한데 뭔가 이상했다.

적의 숨통을 끊어놓는 순간의 짜릿한 감촉이 전해지지 않았다.

검을 쥔 손에 아무런 느낌도 없는 것이 마치 허공을 찌른 듯한 기분이었다.

'어째… 서?'

의문은 오래가지 않았다.

검에 찔린 진유검의 몸이 흐릿해지는가 싶더니 신기루처럼 사라졌다.

상대의 잔상에 놀아났다는 것을 깨달은 곡주가 어이없다는 눈길로 검끝을 바라보고 있던 그 찰나, 진유검의 신형은 사슬낫을 끌며 유상에게 접근하던 엽표를 덮치고 있었다.

"위험……."

후미에서 싸움을 지켜보던 육살과 구살의 입에서 다급한 외침이 터져 나오고 그들의 음성이 채 끝나기도 전에 진유검의 검이 엽표의 목을 훑고 지나갔다.

육살과 구살의 경고가 아니더라도 진유검의 접근을 본능

적으로 눈치채고 방비를 하려 했던 엽표는 땅에 내려놓았
던 사슬낫을 제대로 잡아보지도 못하고 목이 잘리고 말았
다.

피분수와 함께 힘없이 허공으로 치솟은 엽표의 수급이
때마침 곽종에게 공격을 퍼부으려던 망초의 시야를 가렸
다.

번쩍!

섬뜩한 섬광과 함께 엽표의 수급이 사분오열되어 흩어졌
다.

엽표의 수급임을 미처 확인하지 못하고 검을 휘두른 망
초가 경악하며 놀랄 때 좌측을 파고든 진유검의 주먹이 그
의 옆구리를 강타했다.

"커윽!"

쩍 벌어진 입, 부릅떠진 눈.

망초의 얼굴이 고통으로 일그러졌다.

늑골이 박살이 나고 오장육부가 뒤흔들리는 고통과 함께
망초의 신형이 주먹이 날아든 반대편으로 쭈욱 밀려났다.

정신을 차리기도 전, 그를 비웃는 차가운 음성이 들려왔
다.

"걸려도 참 재수없게 걸렸구려."

음성을 따라 망초의 고개가 천천히 움직였다.

커다란 주먹이 코앞까지 육박하고 있었다.

진유검이 만들어준 기회를 놓치지 않은 곽종이 득달같이 따라붙으며 내지른 주먹이었다.

막고자 했으나 몸이 따라오지 않았고 피하고자 했지만 발걸음이 움직여지지 않았다.

진유검에게 허용한 일격이 너무도 치명적이었다.

곽종의 주먹이 망초의 얼굴에 작렬했다.

진유검의 일격과는 또 다른 고통이 전신을 뒤흔들었다.

퍽! 퍽! 퍽!

입에서 비명이 흘러나오기도 전에 연속적으로 타격이 이뤄졌다.

순수한 위력만 따졌을 때 무림에서 능히 다섯 손가락 안에 꼽히는 패철연쇄권이 망초의 전신을 두들겼다.

첫 타격 이후, 두 발이 지면에서 떨어진 망초의 신형은 무려 서른다섯 번의 타격이 더 이어진 이후에야 비로소 지면에 내려설 수 있었다.

푸줏간의 고깃덩이처럼 처참하게 뭉개진 망초는 땅에 떨어지기 전에 이미 절명을 했는지 미동조차 하지 못했다.

"후아!"

혼신의 힘을 다해 패철연쇄권을 시전한 곽종이 비틀거리는 걸음으로 물러서다 그 자리에 털썩 주저앉았다.

싸움이 아직 끝나지 않은 시점에서 곽종의 행동은 자살 행위나 마찬가지였지만 지금 이 순간, 아무도 그를 신경 쓰지 않았다.

피아를 가리지 않고 모든 이의 시선은 천하제일 살문이라 칭해지는 음부곡 곡주의 공격을 이형환위의 수법으로 농락하며 사대장로 중 두 명을 순식간에 무력화시킨 진유검에게 향해 있었다.

목이 날아간 엽표는 물론이고 망초의 숨을 끊어놓은 사람은 곽종이었지만 진유검에게 일격을 허용하는 순간, 이미 그의 명줄도 끝난 것이나 다름없었다.

사실 엽표나 망초의 실력을 감안했을 때, 그들이 천강십이좌인 곽종과 유상을 죽음 직전까지 매섭게 몰아쳤음을 기억해 보면 상대가 진유검이라 해도 이토록 허무하게 당할 자들은 아니었다.

다만 그들은 곡주와 상대를 하는 진유검이 자신들을 공격할 여유가 있으리라곤 꿈에도 생각하지 못했다.

또한 최대한 빨리 곽종 등을 제거하고 혹시 모를 만약의 사태에 대비하고자 다소 조급한 마음도 가지고 있었다.

반면에 천변만화오행진에 시달리고 조금 전 벌어진 싸움의 여파로 인해 곽종과 유상 등이 사대장로를 감당키 힘들다 판단한 진유검은 작심하고 손을 썼으니 그 차이가 지금의 결과를 부른 것이다.

두 명의 장로를 쓰러뜨린 진유검은 더 이상 움직이지 않았다.

아무리 사대장로가 뛰어난 실력을 지녔어도 천강십이좌 역시 버금가는 실력을 지닌 터.

비록 부상이 있다고는 해도 두 명의 장로가 사라진 이상 큰 걱정은 없었다.

새로 등장한 오살과 구살을 비롯하여 음부곡의 살수가 일부 남아 있기는 했지만 그 또한 문제될 것은 없었다.

모든 이의 이목이 진유검에게 쏠리던 순간, 재빨리 백 보를 뛴 전풍이 그들을 마음껏 유린하기 시작했기 때문이었다.

자신의 자만으로 인해 눈 깜짝할 사이에 두 명의 장로를 잃은 곡주의 분노는 하늘에 이를 지경이었다.

그래도 그는 어리석지 않았다.

분노가 커질수록 이성은 차갑게 식고 있었다.

단 한 번의 겨룸으로 인해 그는 진유검의 무공이 자신의 아래가 아님을, 어쩌면 더 강할 수 있다고 인정을 했다.

단순히 음부곡 곡주의 신분으로선 그를 상대할 수 없다는 것도.

"멍청한! 진즉 깨달았으면 희생도 없었을 것을."

스스로를 자책한 곡주가 자신을 향해 천천히 다가오는 진유검에게 시선을 돌렸다.

곡주의 기도가 일변했다는 것을 누구보다 먼저 깨달은 여우희의 입에서 나지막한 신음이 흘러나왔다.

"조심하세요, 령주님. 괴이한 힘이 있어요."

곡주의 전신에서 흘러나오는 사이한 기운이 조금 전, 곽뢰가 자신을 향해 사용했던 힘과 일맥상통한다는 것을 깨달은 여우희가 굳은 얼굴로 경고를 했다.

밀리기는 했어도 나름 팽팽한 싸움을 이어왔으나 곽뢰가 그 사이한 힘을 사용하면서부터는 싸움 자체가 되지 않았음을 상기한 것이다.

"그런 것 같네요."

진유검이 가볍게 고개를 끄덕였다.

하지만 표정이나 말투 어디에도 두려워하거나 걱정하는 빛이 없었다.

여우희의 입에서 엷은 한숨이 흘러나왔다.

음부곡에 도착하기 전이라면, 아니, 곽뢰와 직접 싸우고 그 사이한 힘을 경험해 보기 전이라면 진유검이 내비치는 절대적인 자신감에 큰 믿음을 가졌을 것이다.

하나, 그 믿음이 조금은 흔들렸다.

수하인 곽뢰의 능력이 그 정도라면 곡주의 능력은 가히

추측조차 되지 않을 터였다.

'이건……'

진유검을 걱정하던 여우희의 눈동자가 크게 흔들렸다.

몸이 이상했다.

곡주와 직접적으로 손속을 겨룬 것도 아니건만 자꾸만 정신이 멍해지며 전신이 무기력해졌다.

순간적으로 환영이 보이기도 하고 머리가 깨질듯 아파왔다.

뇌속을 침범한 무엇인가가 내 의지와는 상관없이 몸을 조종하려 한다는 느낌도 받았다.

이상함을 느낀 것은 여우희뿐만이 아닌 듯했다.

곽종과 유상도 여우희처럼 오만상을 찌푸리고 괴로워하며 조금씩 이지를 잃어가고 있었다.

자신들을 괴롭히는 것이 정확히 뭔지도 파악을 하지 못한 채.

오직 묵묵히 서 있는 진유검과 사방을 헤집고 다니는 전풍만이 그런 영향에서 자유로운 것 같았다.

"쯧쯧, 과거의 천강십이좌라면 이렇게 당하지는 않았을 텐데 다들 평화에 너무 찌들었어."

혀를 찬 진유검이 검을 들었다. 그리곤 손가락으로 검신을 가볍게 튕겼다.

땅!

차가운 금속성이라곤 여겨지지 않을 만큼의 청명한 타격음이 주변을 부드럽게 휘감았다.

"음."

나직한 신음과 함께 곡주 몸에서 흘러나온 사기에 정신이 흐트러졌던 세 사람의 몸이 휘청거렸다.

가장 부상이 심했던 유상은 자리에 주저앉아 피를 토했다.

그나마 흐렸던 눈동자가 한결 맑아진 것을 보면 다들 정신을 차린 것 같았다.

"이, 이게 무슨 사술입니까?"

곽종이 머리를 거칠게 흔들며 물었다.

"사술이라기보다는 사기라 하는 것이 맞겠지."

"사기를 이용한 공격에 당한 겁니까?"

곽종이 이글거리는 눈빛으로 곡주를 쏘아보았다.

"글쎄, 의도된 공격이 아니라 저들 무공의 특성상 자연적으로 뿜어져 나오는 것이긴 한데 그래도 공격이라면 공격이라 해야 하나?"

진유검이 곡주가 아니라 곡주의 뒤편에서 조그만 피리를 불고 있는 육살과 구살을 슬쩍 바라보며 말을 이었다.

"하지만 지금처럼 직접적으로 상대를 하지 않음에도 이

렇게까지 심각하게 영향을 받는다는 것은 분명 다른 수작
이 있는 것이지."

말이 끝남과 동시에 진유검의 검이 곡주를 향해 움직였
다.

곡주는 기습적인 공격에 놀라면서도 조금 전, 진유검이
자신을 농락했던 이형환위의 수법으로 손쉽게 공격을 벗어
났다.

진유검이 자신에게 했던 방식을 보란 듯이 되갚아준 곡
주의 입가에 차가운 미소가 흘렀지만 애당초 진유검이 노
린 것은 곡주가 아니었다.

진유검이 노린 것은 곡주의 뒤편에서 은밀히 음공을 사
용하던 육살과 구살로 곡주가 몸을 피하면서 사실상 무방
비 상태로 노출된 그들은 진유검의 공격을 막아낼 능력이
없었다.

최후의 방법으로 피리를 불어 음파를 날려 보았으나 그
것이 통할 상대가 아니었다.

번쩍!

두 번의 섬광과 함께 육살과 구살의 가슴에 붉은빛이 물
들기 시작했다.

"안 돼!"

비로소 자신이 무슨 짓을 한 것인지 이해한 곡주의 입에

서 비명과도 같은 외침이 터져 나왔다.

육살과 구살은 단순한 수하가 아니라 부친에게 홀대받고 음부곡에 처박혔을 때 자신을 위로해 주고 시름을 달래 주었던 애첩들이었다.

곡주가 무릎을 꿇고 숨이 끊어진 육살과 구살의 몸을 안아들었다.

여우희가 눈 깜짝할 사이에 육살과 구살을 주살하고 돌아온 진유검에게 이유를 묻듯 바라보았다.

"곡주의 사기도 사기지만 거기에 더해 은밀히 날아든 음공이 정신을 흐트러뜨린 겁니다."

"음… 공이라니요? 아무런 소리도 듣지 못했습니다."

여우희가 이해가 가지 않는다는 얼굴로 되물었다.

"음공이라고 꼭 소리가 나는 것은 아닙니다. 그랬기에 더욱 은밀하고 위력이 있는 것이겠지요."

"하면 령주께선……."

옆에서 듣던 곽종이 얼떨결에 질문을 하려다 입을 다물었다.

적의 음공을 파악하고 무력화시킨 상황에서 어떻게 알았느냐 하는 질문은 그야말로 우문(愚問)이기에.

"자, 이제 물러나는 것이 좋겠습니다. 상처 입은 맹수만큼이나 짝을 잃은 맹수도 무서운 법이지요."

진유검이 육살과 구살의 시신을 가만히 뉘이고 천천히 일어나는 곡주를 확인하곤 여우희에게 손짓했다.

일행은 조금의 머뭇거림도 없이 뒤로 몸을 날렸다.

악귀 같은 얼굴로 달려오는 곡주의 기세가 가히 상상할 수 없을 만큼 대단했기 때문이었다.

쾅! 쾅! 쾅!

곡주가 내딛는 곳의 땅이 움푹움푹 파였다.

진유검을 향해 달려오던 곡주가 검을 크게 회전시켰다.

그러자 주변에 떨어져 있던 온갖 무기가 검의 움직임에 호응하며 움직이기 시작했다.

"타핫!"

힘찬 외침과 함께 곡주가 검을 던졌다.

쐐애애액!

곡주의 손을 떠난 검이 엄청난 속도로 대기를 갈랐다.

검을 따라 움직이던 무수한 무기가 호위하듯 에워쌌다.

곡주와 진유검의 거리는 대략 오륙 장 정도 떨어져 있었지만 거리 따위는 아무런 의미도 없었다.

"헉!"

유상을 부축하며 뒤로 물러난 곽종이 진유검을 덮치는 무수한 무기들을 보며 헛바람을 내뱉었다.

막을 엄두를 내지 못할 속도였다.

가공할 위력에 직접 상대하는 것도 아니고 옆에서 지켜보는 것만으로도 온몸에 소름이 돋았다.

"좋군."

진유검이 입가에 미소를 지으며 천천히 검을 들었다.

상대의 공격이 그토록 강맹한데도 서두르는 기색이나 긴장하는 모습이 전혀 없었다.

누가 보더라도 만용, 자만에 가득 찬 모습이었지만 다른 사람도 아닌 진유검이었기에 묘한 자신감으로 비쳐졌다.

진유검의 검이 기묘하게 움직였다.

일전에 천무진천의 공격을 무력화시킨 천망이었다.

곡주가 날린 검이 도착하고 동시에 무수한 무기가 천망에 정면으로 도전했다.

꽈꽈꽈꽝!

굉음과 함께 엄청난 충돌음이 연이어 터져 나왔다.

그사이 또 다른 검을 쥔 곡주가 자신이 뿌린 무기를 타고 넘어 진유검의 정수리를 노렸다.

앞선 공격을 별 무리 없이 막아낸 진유검이 머리 위쪽으로 검을 누이며 곡주의 검을 정면으로 받아냈다.

꽝!

묵직한 충돌음이 지켜보는 일행의 마음까지 무겁게 만들었다.

그들이 보기에 곡주는 확실하게 기선을 잡았다.

지금껏 진유검이 수세에 몰린 것을 본 적이 없었기에 절로 표정이 어두워졌다.

"이제 시작이다."

반탄력에 의해 잠시 물러난 곡주가 싸늘히 웃으며 소리쳤다.

역천혈사공(逆天血邪功)의 공능은 전신에 주체할 수 없는 힘을 주었고 그 힘이 고스란히 실린 검은 하늘이라도 무너뜨릴 수 있었다.

우우우웅!

웅장한 검명과 함께 곡주의 검에서 혈기가 뿜어져 나왔다.

허공으로 치솟은 혈기가 섬뜩한 기운을 풍기는 혈룡의 모습으로 조금씩 변하기 시작하자 지켜보던 곽뢰가 두 눈을 치켜뜨며 소리쳤다.

"혀, 혈룡진천검(龍飛振天劍)!"

곽뢰가 두 주먹을 움켜쥐었다.

혈룡진천검을 대성하면 무려 열여덟 마리의 혈룡이 세상을 뒤덮는다.

지금 곡주의 검에서 일어난 혈룡은 딱 절반인 아홉 마리에 불과했지만 그 위용은 뭐라 말로 표현할 수 없을 정도였다.

'위험하다.'

여우희와 곽종은 서로 마주보며 불안감을 감추지 못했다.

진유검의 절대적인 강함을 믿고는 있었지만 지금 눈앞에 드러난 혈룡은 그 믿음을 흔들기에 충분했다.

불안에 떠는 그들과는 달리 백보운제를 시전하며 음부곡의 잔챙이들을 정리하고 있던 전풍은 곡주가 일으킨 혈룡을 보며 한마디를 툭 내뱉었다.

"이건 또 뭔 지렁이야."

전풍의 신형은 순식간에 스쳐 지나갔지만 그의 말은 일행에게 똑똑히 전해졌다.

전풍의 말을 듣는 순간 불안에 떨던 여우희와 곽종은 자신들도 모르게 힘이 쭈욱 빠지고 말았다.

살기 넘치는 혈룡을 보며 지렁이라 칭할 수 있는 전풍의 무덤덤함에 놀랐고 그런 행동을 할 수 있는 바탕에 진유검에 대한 절대적인 믿음이 있다는 것에 안심이 되었다.

그 믿음을 증명이라도 하듯 진유검의 검이 움직였다.

섬광이 번뜩이고 승천을 기다리던 혈룡 두 마리의 목이 뎅겅 잘려 나갔다.

혈룡도 가만히 당하고 있지는 않았다.

검을 회수하는 진유검을 향해 곧바로 역공이 펼쳐졌다.

혈룡의 입에서 뿜어져 나온 화염이 온 공간을 지배하고 그것이 진유검이 펼친 천망과 부딪치며 엄청난 폭음을 만들어냈다.

"위험하다!"

깜짝 놀란 곽뢰가 몇 남지 않은 수하들을 향해 소리치며 황급히 몸을 피했다.

허공에서 부딪친 강기가 사방으로 퍼져 나가며 음부곡을 휩쓸었다.

순식간에 주변 십여 장이 초토화되고 곽뢰가 경고했음에도 미처 몸을 피하지 못한 살수들이 처참하게 쓰러지며 목숨을 잃었다.

곽뢰와 모광이 필사적으로 보호를 한 덕에 전멸은 면할 수가 있었으나 살아남은 사람은 극소수였다.

힘겹게 수하들을 수습한 곽뢰가 다시 전장으로 고개를 돌렸다.

바로 그때, 나직한 신음과 함께 기세 좋게 공격을 했던 곡주의 몸이 비틀거렸다.

"곡주님!"

곽뢰가 대경하여 달려갔다.

곡주의 모습은 처참 그 자체였다.

부러진 검으로 겨우 몸을 지탱하고는 있었지만 옷은 이

미 갈가리 찢겨져 넝마가 되었고 머리부터 발끝까지 자신이 흘린 피에 뒤덮여 있었다.

곽뢰는 지금의 상황을 도저히 믿을 수가 없었다.

비록 진유검의 공격에 의해 혈룡이 몇 마리 잘려 나간 것은 확인을 했으나 분명히 기선을 잡고 공격을 하던 사람은 곡주였다.

한데 충돌의 여파가 가라앉고 드러난 결과는 전혀 예상 밖이었다.

"대체 어째서……."

자신의 눈을 의심한 곽뢰의 시선이 모광에게 향했다.

수하들을 구하기 위해 정신없던 모광 역시 모르기는 마찬가지였다.

대답은 엉뚱한 곳에서 흘러나왔다.

"역… 공에 당하셨네."

곽뢰와 모광의 고개가 홱 돌아갔다. 부곡주가 수하들의 부축을 받고 힘겹게 서 있었다.

"역공이라니요? 분명 공격은 곡주께서 하고 계셨습니다."

"곡주님의 공격은 놈의 검에 의해 모조리 막히고 말았네. 혈룡이 힘없이 추락하고 이어지는 역공은……."

장소흔은 지금도 자신이 본 것을 믿지 못했다.

혈룡진천검의 절초가 진유검이 휘두른 검에 의해 모조리 막히고 곧바로 이어진 역공에 분노해 날뛰던 혈룡마저 너무도 손쉽게 추락하고 말았으니 곽뢰와 모광이 수하들에게 경고하고 그들을 보호하기 위해 잠시 한눈을 판, 그야말로 눈 깜짝할 사이에 벌어진 일이었다.

무엇보다 경악스러운 것은 몇 번의 공방을 거치면서 머리카락과 의복이 약간 흐트러졌다는 것을 제외하고 진유검이 당한 피해는 전무했다는 것이다.

"피, 피해야 하네. 도망을⋯⋯."

말을 하던 장소혼의 얼굴이 하얗게 질렸다.

진유검이 비틀거리는 곡주에게 다가가는 것을 본 것이다.

"막아랏! 곡주님을 구햇!"

금방이라도 명줄이 끊어질듯 숨을 헐떡이던 장소혼이 어디서 그런 힘이 났는지 수하들의 부축을 뿌리치고 진유검을 향해 달려들었다.

곽뢰와 모광이 즉시 뒤를 따르고 뒤늦게 음부곡에 도착한 곡주의 호위대가 상황을 파악할 여유도 없이 일제히 공격을 감행했다.

갑작스레 늘어난 적을 확인한 여우희와 곽종이 진유검을 돕기 위해 움직이려 했지만 진유검은 가벼운 손짓으로 그들의 움직임을 제지했다.

진유검이 땅으로 손을 뻗자 몇 자루의 검이 손아귀로 빨려 들어왔다.

그중 한 자루의 검이 정면으로 달려오고 있는 장소혼과 모광을 견제하고 다른 하나는 좌측으로 돌고 있는 호위대를 향해 날아갔다.

호위대가 빛살처럼 날아오는 검을 막기 위해 온몸으로 맞섰지만 그 누구도, 그 무엇도 검의 움직임을 멈추지는 못했다.

마침내 검이 곽뢰에게까지 이르고 곽뢰가 잔뜩 긴장한 얼굴로 검을 낚아챘을 땐 좌측으로 이동하던 호위대 열둘이 모조리 심장을 부여잡고 쓰러진 뒤였다.

또 한 자루의 검이 우측으로 날아갔다.

"피햇!"

곽뢰가 목이 터져라 소리쳤다.

하지만 적을 눈앞에 두고 피할 호위대가 아니었다.

게다가 그들이 목숨을 걸고 보호해야 할 곡주는 이미 치명적인 부상을 당한 상태가 아니던가.

방금 전, 좌측으로 돌던 동료들의 죽음을 직접 확인한 이들은 무모한 대응을 피했다.

호위대장의 손짓에 따라 병력이 사방으로 확 흩어졌다.

어차피 막을 수 없다면 피해를 최소화시키는 것이 상책이다.

픽!

둔탁한 소리와 함께 몇몇이 가슴을 부여잡고 쓰러지는 것이 보였다.

알면서도 감히 막아낼 엄두가 나지 않는 진유검의 검은 모두의 간담을 서늘하게 만들었다.

"빌어먹을!"

이를 꽉 깨문 호위대장이 진유검을 향해 돌진하고 살아남은 호위대들이 그의 뒤를 따랐다.

"쯧쯧, 부나비 같은 것들."

곽종은 꽤나 날카롭고 빠른 움직임을 보여주는 호위대를 보며 혀를 찼다.

다른 사람이 보기엔 어떤지 몰라도 진유검에겐 말 그대로 한주먹거리도 되지 않을 터였다.

특히 그들은 진유검이 던진 검이 아직 죽지 않았다는 것을 눈치채지 못하고 있었다.

"컥!"

외마디 비명과 함께 진유검을 향해 달려오던 호위대가 앞으로 고꾸라지며 그대로 절명했다.

그것이 시작이었다.

"뒤쪽! 위험하다!"

호위대장이 외침에 다급히 뒤를 돌아보는 호위대.

그들의 눈에 크게 호선을 그리며 다시 날아든, 진유검의 의지에 따라 미쳐 날뛰는 검이 들어왔다.

장소흔과 곽뢰, 모광이 호위대를 구하기 위해 달려들었지만 그들을 기다리는 것은 방금 전, 기세등등했던 곡주를 한방에 보내 버린 폭뢰라는 절초였다.

세 사람 중 가장 먼저 피해를 본 사람은 이미 치명적인 부상을 지니고 있던 장소흔이었다.

곡주를 보호하기 위해, 수하들을 위해 온몸을 던졌지만 돌아온 것은 천 근 거석도 단숨에 가루로 만들어버릴 엄청난 공격이었다.

"크아아악!"

외마디 비명과 함께 날아가 처박히는 장소흔의 입에서 붉은 핏줄기가 뿜어져 나왔다.

그 핏줄기 사이에 잘게 잘린 내장 조각이 살아 꿈틀댔다.

전풍과 드잡이질을 했던 모광은 그의 무기이자 상징이라 할 수 있는 양손의 손톱이 흔적도 없이 부러졌고 그것도 부족해 양팔이 순식간에 잘려 나갔다.

다행히 곽뢰의 협공으로 간신히 목숨은 구했으나 양팔을 잃은 지금 무인으로서의 삶은 완전히 끝난 것이나 다름없었다.

"괴물 같은 놈!"

곽뢰가 피가 콸콸 쏟아져 나오는 왼쪽 옆구리를 보며 기가 막히다는 표정을 지었다.

버겁기는 했지만 진유검의 공격은 분명히 막아냈다.

한데 대체 언제 이런 부상이 생겼으며 내부를 뒤흔드는 묘한 기운은 또 무엇이란 말인가!

검에 실린 힘이 얼마나 막강하기에 묵철로 만들어진 자신의 검이 산산조각이 난 것인지도 이해할 수가 없었다.

곽뢰의 일그러진 눈동자가 진유검에게 향했다.

큰 싸움을 벌인 사람이라곤 전혀 여겨지지 않는 무심하고 담담한 표정을 보며 다시 한 번 절망했다.

"혹, 천외천의 무공이냐?"

곽뢰가 목구멍을 타고 올라오는 핏덩이를 간신히 삼키며 물었다.

"글쎄, 딱히 아니라고도 할 수는 없소."

천외천의 무공 또한 무명초자의 무공이기에 고개를 끄덕인 것이었지만 곽뢰는 그렇게 생각하지 않았다.

"과연, 전설이 과장은 아니었어. 대단한 무공이다."

곽뢰는 진심으로 진유검의 무공을 인정했다.

전대 곡주에게 루외루의 심법인 역천혈사공을 배웠고 천

하에 적수가 없으리라 여겼지만 진유검과의 차이는 말 그대로 하늘과 땅만큼이나 컸다.

변명의 여지가 없는 완패였다.

곽뢰의 고개가 힘없이 떨궈졌다.

"여기도 끝났습니까?"

음부곡의 마지막 잔당까지 완벽하게 제거한 전풍이 숨을 몰아쉬며 달려왔다.

"어라, 아직 아닌가?"

진유검이 가볍게 반문하는 전풍에게 손짓을 했다.

진유검의 신호를 받은 전풍은 주저없이 손을 썼다.

모든 것을 포기한 곽뢰는 물론이고 양손을 잃고 피눈물을 흘리고 있던 모광까지 염라대왕 앞으로 직행했다.

전풍이 부상을 이기지 못하고 혼절한 곡주에게까지 손을 쓰려하자 진유검이 재빨리 말렸다.

"그는 놔두고."

"예?"

"포로다. 루외루의 출현을 알릴 사람은 놔둬야지. 혹시 모르니까 부상도 살펴주고."

"알겠습니다."

진유검의 명을 받은 전풍이 곡주의 부상을 살피기 시작할 때 그의 귓가로 은밀히 전음이 날아들었다.

[시키는 대로 했지?]

[예, 말씀하신 대로 한 놈 살려두기는 했습니다만 포로까지 잡은 마당에 굳이 살려두는 이유를 모르겠습니다.]

[미끼를 잡았으니 낚시를 해볼 참이다.]

"낚시요?"

전풍이 순간적으로 전음을 풀고 되물었다.

대답은 말이 아닌 주먹이 대신했다.

27장

어부지리(漁父之利)

무황성 지존각.

세외사패가 일통되었으며 중원침공이 임박했음이 밝혀진 이후, 지존각을 밝히는 등불은 단 한순간도 꺼지지 않았다.

그건 천추지연에 참석하고자 무황성을 찾았던 각 문파의 수뇌들이 무황성을 떠난 지금도 마찬가지였다.

"이제 그만 쉬셔야 하지 않겠습니까, 성주님? 많이 지쳐 보이십니다."

제갈명이 산더미처럼 쌓이는 보고서를 읽고 있는 무황을

근심 어린 표정으로 바라보며 말했다.

　천천히 고개를 든 무황의 낯빛은 제갈명이 어째서 그런 걱정을 하고 있는지 이해할 수 있을 만큼 피곤에 젖어 있었다.

　"그건 오히려 내가 할 소리군. 대체 며칠 동안이나 잠을 자지 못한 건가?"

　무황이 붉게 충혈된 눈, 반쯤 감긴 눈꺼풀, 기름기가 좔좔 흐르는 제갈명의 머리카락을 살피며 물었다.

　"대충 사나흘은 된 것 같은데 잘 모르겠습니다."

　제갈명은 생각하는 것조차 귀찮은지 고개를 흔들었다.

　"어쨌든 우리가 할 수 있는 조치는 다 취한 셈인데 문제는 각 문파로군. 지금과 같은 불협화음이 더 악화되면 문제가 심각해져."

　"저마다 자존심이 있는지라 어느 정도 주도권 싸움은 계속 이어질 것이라 예상하셔야 할 겁니다. 하지만 생존이 걸린 일이니 어떻게든 타협점을 찾아내겠지요."

　"그게 쉬울까? 세외사패의 침공이 임박했다는 사실이 확인되었음에도 완벽하게 조율이 되지 않았네."

　무황이 씁쓸히 고개를 저었다.

　진유검이 무황성을 떠난 이후, 무황성에선 세외사패의 공격에 대한 대비책을 세우기 위해 매일같이 치열한 논쟁이 벌어졌다.

큰 틀에서의 계획은 이미 제갈명을 중심으로 한 무황성의 군사부가 제시를 했고 별다른 이견이 없었지만 세부적인 계획에 있어 각 문파 간의 첨예한 대립이 이어졌다.

과거의 경험을 토대로, 그리고 목숨을 걸고 활동하는 세작들의 활약으로 세외사패의 침공 경로는 대략적으로 확인이 되었는데 우선 가장 강력한 힘을 보유한 것으로 꼽히는 북해의 빙마곡은 하북성의 만리장성을 넘어 곧바로 남하할 것이며 그들의 첫 번째 목표는 당연히 소림사가 될 것이라 예측됐다.

무림에서 차지하는 상징성만큼은 무황성도 감히 따르지 못하는, 말 그대로 백도 무림, 아니, 전 무림의 정신적 지주나 다름없는 소림을 무너뜨리지 않고는 무림 정벌 자체가 불가능하다는 것은 그야말로 상식이기 때문이었다.

그러한 이유로 무황은 무황성 병력의 지휘권을 소림사에 일임하는 파격을 보여주었다.

빙마곡에 대한 대응의 중심에 소림이 있다는 것을 직접적으로 인정한 것이었고 무황의 결정에 그 어떤 문파도 토를 달지 않았다.

불협화음은 대막의 낭인천을 상대하는 진영에서부터 시작되었다.

옥문관을 통해 난입할 것으로 예상되는 낭인천을 상대할 수많은 이들 중 단연 돋보이는 문파는 무당파와 화산파였다.

한데 이들의 주도권 싸움이 상당했다.

명성이나 전체적인 전력을 따진다면 화산이 무당에 비해 다소 모자람이 있는 것은 사실이나 눈에 보이지 않는 알력이 존재하던 두 문파였기에 서로의 의견이 첨예하게 대립했다.

무당파와 화산파가 충돌을 하자 이들을 따르는 문파들 사이에서도 묘한 대립이 시작되었다.

재밌는 것은 화산과 가장 인접한 종남에서 화산이 아닌 무당을 적극 지지한다는 것인데 그래도 구파일방의 일원으로 극한 대립은 분명히 피할 수 있을 것이고 시간이 지나면 나름 현명한 해결책을 찾아내게 될 터였다.

무황과 제갈명이 가장 골머리를 썩인 곳은 서역의 마불사를 막아내야 할 사천무림이었다.

서역의 마불사는 이미 금사강을 건너 대설산(大雪山) 인근에 집결한 상태였다.

대설산을 넘고 대도하(大渡河)를 건너면 곧바로 사천의 중심 성도로 이어진다.

사천이 풍전등화의 위기에 빠졌음에도 사천무림을 주도

적으로 이끌 세력은 여전히 결정되지 않았다.

구파일방으로서 아미파나 청성파가 명성을 떨치고 있었지만 사천엔 사천당가라는 거대한 장벽이 있었다.

사천당가는 암기와 독을 사용한다는 이유로 그동안 구파일방을 비롯하여 많은 백도문파로부터 은연중 배척받아 왔던 것을 이번 기회에 만회하려는 생각을 가지고 있었는데 그것을 막기 위해서 아미파와 청성파가 합심하여 대응하는 중이었다.

그들의 반목은 무황의 중재로도 해결되지 못할 정도로 심각했다.

"당가가 굽힐 가능성은 없겠지?"

무황이 힘없이 물었다.

대답을 뻔히 알면서도 질문을 던지는 이유는 그만큼 간절했기 때문이다.

"절대로요. 아예 따로 싸웠으면 싸웠지 아미파나 청성파에 주도권을 주지는 않을 겁니다."

"그리되면 정말 끝장이지. 합심하여 싸워도 버거운 상대인 것을."

"장차 무황성에서의 입지를 강화시켜 준다는 조건을 걸고 아미파와 청성파를 계속해서 설득하고 있습니다만 저들의 자존심도 하늘을 찌르는 터라 쉽지는 않습니다."

"그러다 떼 몰살을 당해봐야 정신을 차리지."

대적을 앞에 두고도 쓸데없는 자존심 싸움을 하는 것이 못마땅했던 무황의 입에서 독설이 터져 나왔다.

"어떻게든 빨리 조율을 해야 할 것입니다."

"최대한 서둘러. 루외루까지 등장한 마당에 이런 식의 분열은 정말 좋지 않아."

"예, 그런데 음부곡이 루외루와 연관이 있는 것은 확실한 것입니까?"

제갈명은 여전히 믿기지 않는다는 얼굴이었다.

"수호령주가 그렇다고 연락을 해왔으니 그런 것이겠지. 생각해 보면 참으로 소름 끼치는 일일세. 음부곡의 역사를 감안했을 때 루외루 역시 오래전부터 무림에서 암약했다는 것이니까."

"수호령주의 말이 사실이라면 루외루는 그동안 음부곡을 통해서 엄청난 자금을 확보했을 것입니다. 그 누구의 의심도 없이."

"음부곡 하나뿐이 아닐 걸세. 얼마나 많은 문파, 세력들이 놈들과 연관이 있을지 짐작조차 되지 않는군. 솔직히 이제는 그 어떤 곳도 믿음이 가지 않아."

"혹 산외산과 루외루가 손을 잡았을 가능성은 없는 것입니까?"

"완전히 배제할 수는 없겠지만 그건 아니라고 보네. 함께 손을 잡고 무림을 먹으려고 했으면 이미 수백 년 전에 그리 했을 것이야."

"그나마 다행이군요. 만약 그랬다면 우리 쪽에선 천마신교의 바짓가랑이라도 잡고 늘어져야 할 테니까요."

제갈명은 진심으로 다행으로 여기는 듯했다.

이미 세외사패를 장악한 산외산과 그 힘을 알 수 없는 루외루의 연합은 상상만으로도 몸서리가 쳐졌다.

"천마신교? 제 놈들도 생각이 있다면 알아서 행동을 하겠지. 그런데 아무래도 마음에 걸려."

"뭐가 말입니까?"

"남만의 야수궁. 천마신교 때문에 일단 배제를 하긴 했지만 영 믿음이 가지 않는군. 천마신교가 놈들을 막으려고 할까? 총단을 무이산으로 옮긴 지도 꽤 되었고."

무황이 불안한 얼굴로 물었다.

"막을 겁니다. 아니, 막을 수밖에 없습니다. 야수궁은 절대로 십만대산을 우회하지 않습니다. 만약 천마신교가 움직이지 않으면 십만대산에 남아 있는 자들은 몰살을 당할 터. 천마신교가 아무리 무이산으로 총단을 옮겼다고는 해도 놈들의 뿌리는 결국 십만대산에 있습니다. 결코 버릴 수 없습니다."

"십만대산에 남아 있는 자들과 무이산에 있는 놈들의 사이가 좋지 않다고 하지 않았나? 굳이 도움을 줄 이유가 없을 것 같은데."

"야수궁으로부터 십만대산을 지키는 것은 사이가 나쁜 것과는 또 다른 얘기입니다."

"군사의 말대로라면야 다행이겠지만 도무지 믿음이 가지 않으니……."

제갈명의 확신에 찬 말에도 무황의 얼굴에 드리운 그늘은 좀처럼 가시지 않았다.

*   *   *

"십만대산은 포기한다."

천마대제 초진악의 음성이 일월루에 조용히 울려 퍼졌다.

그 말에 어떤 의미가 담겼는지 알기에 다들 말을 아꼈다.

한참의 시간이 흐른 후, 수라노괴가 조심히 입을 열었다.

"반발이 있을 수 있습니다."

"상관없다. 어차피 이곳으로 오면서 버리기로 결정한 곳이다."

"생각을 달리 하실 생각은 없으십니까?"

초진악의 눈매가 매서워졌다.

"본좌가 그리해야 하는 이유라도 있나?"

싸늘한 기운이 일월루를 얼렸지만 수라노괴는 동요하지 않았다.

"세외사패의 침공이 기정사실로 드러난 이상 놈들과의 충돌은 피할 수가 없습니다."

"그거야 그렇지."

"어차피 충돌을 피할 수 없다면 보다 유리한 곳에서 싸우는 것이 낫지 않겠습니까?"

"십만대산이 유리한 장소라 보는 건가?"

초진악이 심드렁히 물었다.

"지형에 익숙하다는 것에서 싸움에 있어 절대적으로 유리한 조건입니다. 또한 십만대산을 버리지 않으면 본교에 여러 가지 이점이 있습니다."

"이점이라. 설명해 보라."

"현재 십만대산에 남은 이들은 본교에겐 계륵과 마찬가지입니다. 품을 수도, 그렇다고 버릴 수도 없는 상황이지요. 하지만 이번 싸움을 통해 그 문제가 자연스레 해결될 것입니다."

"해결된다?"

"십만대산, 성소를 지키고자 하는 마음이 큰 만큼 당연히 앞장서서 싸울 것입니다. 그만큼 이곳의 제자들을 아낄 수 있습니다."

"놈들을 화살받이로 세우겠다는 말이로군."

"그들의 입장에서야 거룩한 희생이지요."

"흐흐흐! 그건 마음에 드는군. 또 다른 이점은?"

초진악이 괴소를 터뜨리며 물었다.

"십만대산에 남은 수많은 이의 가슴속에는 전대 교주에 대한 마음이 여전히 남아 있습니다. 하지만 그럼에도 불구하고 교주께서 자신들을 버리지 않고 함께 적과 싸운다면 이후, 교주께선 천마신교의 진정한 주인으로 거듭나실 수 있습니다."

"하면 지금은 진정한 교주가 아니란 말이냐?"

초진악이 퉁명스레 되물었지만 그리 기분 나쁜 눈치는 아니었다.

"십만대산에 남아 불만을 품은 자들까지도 품을 수 있다는 것을 말씀드리는 것입니다."

"이유가 또 있느냐?"

"예, 어쩔 수 없는 상황에서 놈들과 대적한 것이 아니라 처음부터 적극적으로 싸움에 개입을 했기 때문에 이후, 무림에서의 입지가 현재와는 분명히 다를 것입니다. 무황성에서도 인정을 할 것이고요."

"홍, 무황성 놈들의 인정 따위는 필요치 않다. 그래도 무림에서 본교의 위상이 올라간다면 나쁜 생각은 아닌 것 같군. 군사의 생각은 어떠냐?"

가소롭다는 듯 코웃음을 치던 초진악은 인상을 잔뜩 쓰고 있는 혁리건을 보고는 슬며시 웃음을 지웠다.

"장로께서 매우 훌륭한 의견을 제시하셨습니다만 교주님께서 처음 선언하신 대로 십만대산은 포기하는 것이 좋을 듯싶습니다. 정확히 말씀드리자면 어쩔 수 없이 포기하는 모습이 좋겠군요."

"어쩔 수 없이 포기한다니? 그게 무슨 말이냐?"

수라노괴가 약간은 노기가 섞인 음성으로 물었다.

"병력을 십만대산으로 보낸다고 해도 전력을 동원해서는 안 된다는 말입니다."

"그건 또 무슨 개소리야? 어차피 벌어지는 싸움이라면 확실하게 우위를 점해야지."

좌사 혈천마부 능자소가 눈알을 부라리며 소리쳤다.

"잊으셨습니까? 우리 뒤에는 복천회 놈들이 있습니다. 놈들에게 중원 무림의 안위는 문제가 아닙니다. 오직 교주님과 여기 계신 어르신들을 무너뜨리고 다시금 천마신교의 권력을 움켜쥐는 것이 목적입니다. 전력을 동원해서 야수궁 놈들과 싸우고 있을 때 복천회가 배후를 공격해 오면 어찌 되는 것입니까?"

"그까짓 놈들이야 한입거리도 되지 않는다. 그냥 쓸어버리면 돼."

혈천마부가 핏빛보다 더 붉은 혈부를 흔들어댔다.

"놈들을 우습게보지 마십시오. 현재까지 알아본 저들의 전력은 결코 만만한 것이 아닙니다. 자칫 방심하다간 큰 낭패를 볼 수 있습니다."

"군사의 말에 일리가 있다. 무릇 후방의 안전을 확보하지 않고는 싸움에 임하는 법이 아니지."

철산도마(鐵山刀魔)가 혁리건의 주장에 힘을 실어주었다.

혁리건이 철산도마를 향해 가볍게 눈인사를 한 뒤 말을 이었다.

"세외사패가 중원무림을 침공하기 전에 복천회와 먼저 싸움을 시작한다면, 그리고 세외사패가 본격적으로 침공을 했을 때 병력을 나누어 십만대산으로 보냈다면 설사 십만대산을 지켜내지 못한다고 해서 본교를 비난하는 자들은 없을 것입니다. 오히려 본교의 다리를 잡고 늘어진, 무림의 안위를 외면하고 자신들의 이익만 추구한 복천회에 비난의 화살이 쏟아지겠지요. 그리고 그 여론을 바탕으로 항주에 자리 잡은 복천회를 제대로 쓸어버리는 것입니다. 이참에 항주도 슬며시 접수를 하는 것이 좋겠지요."

"확실한 명분이 있으니 우리가 항주를 접수한다고 해도 무황성 놈들이 뭐라 하지는 못하겠군."

"그렇습니다. 우리가 복천회를 무너뜨리고 항주를 접수할 시점이면 야수궁은 십만대산을 넘어 호남을 노리게 될 것입니다. 이를 막기 위해선 무황성이 나서야 하는데 병력을 분산시킨 무황성은 상당한 피해를 감수할 수밖에 없을 것이고 이는 장차 본교에 큰 이점으로 작용할 수 있습니다."

"하면 본교가 본격적으로 나서는 것은 무황성이 야수궁과 제대로 얽힌 이후가 되겠군."

"예, 무황성과 충돌한 이후의 야수궁은 최소한의 피해로 잡을 수 있습니다. 기회가 된다면 다른 전장에도 지원을 하는 것이 좋을 것입니다. 물론 형식적인 지원이 되겠지만 이후, 그보다 더 좋은 명분은 없습니다. 제 계획이 어떻습니까, 장로님?"

혁리건이 수라노괴에게 물었다.

"노부의 계획보다는 확실히 낫군. 찬성한다. 그런데 마지막으로 하나만 더 묻지."

"말씀하십시오."

"생각보다 세외사패가 강하다면, 무황성이 제대로 감당을 하지 못한다면 어찌 되는 것이냐?"

"그런 상황이라면 무슨 계획이 필요하겠습니까? 복천회 놈들하고 손을 잡는 한이 있더라도 세외사패부터 상대해야 겠지요. 하지만 흑무각의 정보를 종합해 판단컨대 그런 일은 없을 것 같습니다."

"그래, 네가 어련히 알아서 잘 판단을 했겠지."

수라노괴가 인정을 하자 더 이상의 이견은 없었다.

"결론은 내려졌군. 본좌가 말한 대로 십만대산은 버린다."

처음과 다를 바 없는 초진악의 선언에 혁리건과 흑무각주 추융은 의미심장한 눈빛을 교환했다.

*   *   *

"천마신교는 움직이지 않을 것입니다."

총령의 말에 공손규가 고개를 갸웃거렸다.

"움직이지 않는다?"

"정확히 말씀드리자면 최대한 생색을 내되 힘을 아끼는 방향으로 계획을 잡았습니다."

"금령이 제대로 하고 있구나. 일전에 초진악이 다른 생각을 품고 있는 것 같다는 말을 들은 것 같은데 말이다."

"청송이 적당히 경고를 해두었습니다."

"잘했다. 어차피 우리의 힘이 아니었으면 교주 자리는 꿈도 꾸지 못했던 자이니 때때로 자신의 위치를 상기시켜 주는 것이 좋겠지."

공손규가 입가에 부드러운 미소를 머금으며 고개를 끄덕였다.

"아무튼 무황성이 곤란하게 되었구나. 천마신교가 야수궁을 막아주지 않으면 상당히 버거운 싸움을 하게 될 것이야."

"그렇게 되겠지요."

총령이 담담히 대꾸했다.

"쯧쯧, 무황성의 계획을 살펴보면 야수궁은 논외로 생각했던 모양인데 아주 제대로 뒤통수를 맞는구나. 천마신교가 나서지 않는다면 강남이 쑥대밭이 되는 것은 시간문제일 텐데 말이다."

조유유가 혀를 차며 섭선을 살랑거렸다.

"야수궁만이 문제는 아닌 것 같습니다."

"그건 또 무슨 소리냐?"

"보고에 의하면 곳곳에서 불협화음이 쏟아져 나오는 모양입니다. 사천에선 당가와 아미파 등이 제대로 각을 세우는 모양이고 심지어 화산과 무당도 신경전을 벌인다고 하는군요."

"사천이야 그렇다 쳐도 화산과 무당까지?"

"예."

"허! 이거야 원. 내 기억이 틀리지 않았다면 무당과 화산은 무엽이란 말코를 무황으로 밀기 위해 손을 잡았을 텐데."

"그건 무엽이란 자가 전진의 맥을 이은 자이기 때문에 가능한 것이네. 무당과 화산 어느 곳에도 속하지 않았으니까. 같이 손을 잡기는 했어도 내심으론 딴생각을 품고 있을 것이야. 차기 무황을 자신들 손아귀에 넣고 흔들고 싶은 것이겠지."

이명의 말에 다들 고개를 끄덕였다.

"아무튼 미쳐 돌아가는군. 지금 상황에서 자중지란이라니 어이가 없는 노릇이야."

한심하다는 듯 코웃음을 치는 갈천악을 보며 공손창이 고개를 저었다.

"우리에겐 더없이 좋은 조건이지. 무황성과 세외사패가 양패구상을 하면 별다른 피해 없이 무혈입성도 가능하니까. 아, 그런데 환 단주."

"예, 원로님."

"세외사패의 배후에 있는 놈들의 정체는 파악을 했느냐? 예상대로 산외산이더냐?"

"송구합니다. 세외사패에 배후가 있는 것은 분명 확인이 되었습니다만 그들이 산외산인지는 정확하게 파악을 하지 못했습니다."

환종이 공손히 머리를 조아렸다.

"그토록 은밀히 세외사패를 꿀꺽했으니 쉽게 정체를 파악하기는 힘들겠지. 그래서 더욱 산외산이라 확신을 하게 되는구나."

"계속 캐고 있느니 곧 확실한 정체를 파악할 수 있을 것입니다."

환종과 마주 앉아 있던 공손무가 넌지시 말했다.

"그렇다고 너무 무리하지는 마라. 어차피 지금 당장 놈들을 상대하는 것은 우리가 아니라 무황성이니까. 괜히 아까운 아이들만 잃을 수 있어."

"조심하겠습니다."

공손무가 총령을 향해 고개를 돌렸다.

"총령."

"예."

"세외사패의 중원침공은 기정사실화되었고 두려움과 공포가 지배하는 지금이 우리의 세력을 확대시킬 수 있는 가장 좋은 기회라 본다. 조금 더 공격적으로 움직일 필요가 있어."

"계획을 세우고 있습니다. 조만간 보고를 올리지요."

"기왕이면 크게 노려보는 것도 좋겠다."

"크게 노린다면 무엇을 말씀하시는 건지요?"

총령이 눈빛을 반짝이며 물었다.

"수호령주로 인해 무황성 후계구도가 뿌리째 흔들리지 않았느냐? 덕분에 녀석도 가능성이 높아졌다. 천마신교가 움직이지 않는 상황이니 녀석의 상대는 야수궁이 될 것이고 그 싸움에서 제대로 공을 세운다면 차기 무황의 자리가 꿈은 아닐 것이다."

"하지만 그렇게 큰 공을 세울 기회가 있을까요? 야수궁이 십만대산을 넘는다면 놈들의 상대는 강남의 맹주라 자처하는 남궁세가가 될 텐데요."

"남궁세가라면 남궁결 말이더냐?"

"예."

"이럴 때 쓰라고 만든 곳이 바로 음부곡이다."

"그 말씀은……."

"우두머리가 쓰러지면 아무리 강력한 힘을 지닌 세력이라도 지리멸렬하게 되어 있지. 그 기회를 이용한다면 야수궁과의 싸움에서 주역은 남궁세가나 무황성이 아니라 우리가 밀고 있는 그 녀석이 될 것이다."

"좋은 생각 같네. 남궁결이 지닌 무위가 만만치는 않다고 들었긴 했지만 음부곡이라면 큰 무리는 없겠지."

이명이 맞장구를 쳤다.

"음부곡이 무리라면 자네가 나서도 되는 것이고."

"나쁘지 않아. 그 정도면 괜찮은 상대이기도 하고."

바로 그때였다.

회의실 문이 열리며 한 사내가 조심스레 들어섰다.

사내의 얼굴을 확인한 환종의 안색이 확 변했다.

어지간한 상황이 아니라면 회의실 문은 함부로 열리지 않는다.

그것을 모를 리 없는 수하가 회의실 안으로 뛰어들었다는 것은 그만큼 급박한 일이 발생했다는 것을 의미했다.

거친 숨을 몰아쉬며 달려온 사내가 환종에게 피 묻은 서찰을 건넸다.

빠르게 읽어내려 가는 환종의 얼굴이 경악으로 물든 것은 순식간이었다.

"무슨 일이냐?"

환종의 표정이 심각하게 변한 것을 확인한 이명이 소리치듯 물었다.

"그, 그것이……."

환종이 쉽게 대답을 하지 못하자 이명의 음성이 절로 높아졌다.

"무슨 일인지 묻지 않느냐?"

"음… 부곡이, 음부곡이 무너졌다고 합니다."

순간, 회의실의 분위기가 차갑게 가라앉았다.

"음부곡이 무너지다니요? 자세히 설명을 해보세요."

총령이 떨리는 음성으로 말했다.

환종이 총령에게 서찰을 건넨 뒤 설명을 기다리는 원로들을 향해 입을 열었다.

"수호령주와 그의 수하들이 음부곡을 공격했고 곡주와 십살을 제외한 모든 인원이 몰살을 당했다고 합니다."

회의실에 엄청난 폭풍이 몰아쳤다.

"몰살이라니!"

"어찌 그런 일이 벌어진단 말이냐!"

원로들이 참담함을 참지 못하고 언성을 높였다.

"대체 얼마나 많은 병력을 이끌고 왔기에 몰살을 당했단 말이냐? 음부곡을 몰살시킬 정도의 병력을 움직이는 동안 비상은 대체 뭘 했고!"

공손규의 노성이 회의실을 쩌렁쩌렁 울렸다.

"고작 다섯입니다, 원로님."

"뭐, 뭐라?"

공손규의 눈이 찢어질듯 커졌다.

"다른 병력은 없었습니다. 믿기지 않는 일이지만 수호령주는 수하 넷을 이끌고 음부곡을 공격했습니다."

"마, 말도 안 돼."

음부곡 출신으로 다른 누구보다 음부곡의 전력을 잘 알고 있는 이명이 믿어지지 않는다는 얼굴로 고개를 흔들었다.

"가장 큰 문제는……."

총령이 딱딱히 굳은 얼굴로 서찰을 탁자 위에 내려놓았다.

"음부곡의 곡주께서 수호령주의 포로가 되었다는 것입니다."

곳곳에서 신음이 흘러나왔다.

"확실한 것이냐?"

공손규가 무거운 음성으로 물었다.

"예, 지금 십살이 수호령주의 뒤를 밟고 있다는군요."

총령이 잠시 내려놓았던 서찰을 공손규에게 전하며 대답했다.

"살아 있다? 흠, 그나마 다행이라고 해야 하는 것인가?"

공손규의 탄식에 총령의 눈빛이 차갑게 흔들렸다.

"당장 구출을 해야 하지 않겠습니까?"

조유유의 말에 공손규가 힘차게 고개를 끄덕였다.

"당연히 그래야겠지."

"제가 가겠습니다."

이명이 벌떡 일어났다.

흥분된 분위기 속에 공손무의 나직한 음성이 들려왔다.

"잠시만. 그리 흥분할 일이 아닐세."

"지금 상황에서 그런 말이 나오는가!"

"일은 이미 벌어졌고 흥분해서 좋을 것은 없네. 차분하게 상황파악을 하고 대책을 세워야지."

이명은 착 가라앉은 음성, 지그시 바라보는 공손무의 시선에 입술을 꽉 깨물며 자리에 앉았다.

"곡주를 구하는 문제도 문제지만 노부는 수호령주가 어째서 곡주를 살려두었는지가 영 마음에 걸리는군."

"음부곡의 살수가 의협진가의 전대 가주를 암살한 사건은 이미 널리 알려진 사실이네."

"그건 알지. 하지만 그것은 수호령주가 음부곡을 공격하는 이유가 되겠지만 곡주를 살려두는 이유가 되지는 않는다고 보는데."

"짚이는 것이라도 있는가?"

조유유가 미간을 찌푸리며 물었다.

"어쩌면 곡주의 정체가, 음부곡의 진정한 정체가 노출된 것은 아닌가 싶네."

"음."

조유유를 비롯한 원로들의 표정이 전에 없이 심각해졌다.

음부곡이 무너진 것도 그렇고 곡주가 포로로 잡힌 것도 중대한 문제였지만 그 배후에 루외루가 있다는 것이 드러나는 것은 차원이 다른 실로 중대한 일이었다.

차분히 서찰을 읽던 공손규가 한숨을 내쉬며 말했다.

"자네가 의심한 것이 맞네. 십살이 전한 서찰에 의하면 놈은 곡주의 정체를 정확하게 파악했다고 하는군."

공손규의 말에 원로들은 경악을 금치 못했다.

"의협진가는 오랫동안 무황성과 밀접한 관계를 유지하고 있었으니 무황성이 천외천이라는 것을 알고 있었을 가능성이 높습니다. 자연적으로 본 루에 대해서도 어느 정도는 알고 있겠지요. 걱정스런 것은 저들이 본 루에 대해 얼마나 많은 것을 파악하고 있느냐는 것입니다."

"정보가 샌다고 생각하는 건가?"

"아니라고 믿고 싶지만 제대로 점검을 해봐야 할 문제라고 봅니다."

최악의 상황을 가정하는 공손무의 말에 원로들은 다들 할 말을 잃었다.

"그래도 일단은 곡주를 구하는 것이 우선이라고 보네."

공손규의 말에 공손무가 고개를 끄덕였다.

"물론입니다. 곡주를 살려놓은 것은 보다 많은 것을 알아내기 위함일 가능성이 크니까요. 그런데 걱정입니다."

"또 뭐가 걱정인가!"

이명이 답답함을 참지 못하고 버럭 소리를 질렀다.

"수호령주의 실력."

공손무가 좌중을 둘러보며 말을 이었다.

"다들 간과하고 있는 것 같은데 음부곡의 곡주가 누군가? 공손가의 장손일세. 비록 많은 실수가 있어 벌을 받고는 있지만 그 아이의 실력을 부정할 사람은 아무도 없을 것이네. 게다가 음부곡의 사대장로 역시 무시할 수 없고. 그건 자네가 가장 잘 알고 있겠군."

공손무가 시선을 주자 이명이 굳은 얼굴로 고개를 끄덕였다.

"곡주와 사대장로뿐만이 아니네. 음부곡에서 키우고 있는 아이들이 제법 만만치 않은 실력을 지녔다는 것을 다들 잘 알고 있을 것이네. 한데 그 아이들이 모조리 당했다는 것이야. 고작 수하 넷을 이끌고 온 자에게. 자네라면 가능하겠는가?"

"그, 그게……."

이명은 쉽게 대답하지 못했다.

일대일이라면 모를까 곡주는 물론이고 사대장로 모두를

상대한다는 것은 당연히 불가능한 일이었다.

소문으로만 듣던, 그래서 내심 무시를 하고 있던 진유검의 실력을 제대로 확인하게 된 원로들은 큰 충격을 받았다.

그리고 곡주를 구출하는 일이 생각보다 쉽지 않다는 것을 비로소 인식했다.

모두의 입이 굳게 닫혀 있던 그 순간, 회의실의 문이 열리며 중후한 음성이 들려왔다.

"그 일이라면 걱정하실 것 없습니다."

음성의 주인을 확인한 이들 모두가 벌떡 일어났다.

"루주!"

공손규가 감격에 찬 어조로 외쳤다.

"그간 강녕하셨습니까, 숙부님?"

루외루의 또 다른 이름인 공손세가의 가주 공손후(公孫侯)가 담담히 웃으며 인사했다.

"아무렴. 우리 같은 늙은이에게 무슨 일이 있었겠는가? 한데 이제 폐관수련은 마친 것인가?"

"예, 생각만큼은 아니지만 나름 성과가 있기에 마무리를 지을까 합니다."

"고생했네, 고생했어."

공손규가 공손후의 어깨를 두드렸다.

"감축드립니다, 루주."

"경하드리오, 루주. 정말 고생 많으셨소."

원로들도 일제히 허리를 꺾으며 예를 표했다.

"감사합니다. 모두 여기 계신 원로님들께서 걱정해 주신 덕분입니다."

정중히 인사를 한 공손후가 지금껏 총령의 지위로서 최선을 다한 공손유(公孫柳)의 머리를 가만히 어루만졌다.

"네가 애썼다."

"아닙니다, 아버님. 앉으세요."

"그래."

공손후가 공손유가 물러난 상석에 자리하자 공손규가 한숨을 내쉬며 말했다.

"이렇게 기쁜 날, 불미스런 얘기를 꺼내게 되어 참으로 안타깝소. 하지만 상황이 급박하니 어쩔 수 없는 것 같구려. 음부곡의 상황은 알고 계시는가?"

"예, 보고를 받았습니다."

순간, 환종을 바라보는 공손유의 눈빛이 차가워졌다.

부친을 대신해 근 삼 년 가까이 루외루를 이끌었지만 중요한 보고는 여전히 부친에게 직접 전해진 것이 확인된 것이다.

화가 나는 것은 그 사실을 전혀 인지하지 못했다는 것.

환종이 미안하다는, 어쩔 수 없었다는 눈빛으로 그녀에

게 양해를 구했지만 공손유의 눈빛은 더욱 차갑게 굳어졌다.

'곤란하게 되었군.'

공손유의 반응을 확인한 환종은 가슴 한편이 무거웠다.

자신이 의도하지 않은 상황에서 장차 루외루의 실세로 성장할 가능성이 높은 공손유와 척을 지게 된 것이 무척이나 부담스러운 것이다.

"걱정하지 말라고 하는 것을 보니 좋은 생각이라도 있는 모양이오."

공손무의 말에 공손후는 차분하면서도 힘있는 음성으로 대답했다.

"삼선(三仙)을 보냈습니다."

28장

밀려오는 암운(暗雲)

"아무래도 놈들이 낌새를 눈치챈 것이 아닐까요?"

뜨거운 더위를 식혀줄 탁주 한 사발을 거칠게 들이켠 곽종이 마지막 만두를 놓고 전풍과 젓가락 싸움을 벌이고 있는 진유검에게 물었다.

"낌새라니?"

곽종이 말을 시키는 바람에 만두를 빼앗긴 진유검이 젓가락을 툭 던지며 되물었다.

"음부곡이 쑥밭이 된 것이 벌써 칠 일이 지났습니다. 게다가 일부러 눈에 띄게 느릿느릿 이동을 하고 있는데 놈들의 움직임이 전혀 없으니 드리는 말입니다. 제 판단으론 놈들이 령주님께서 이자를 살려놓은 것이 계략임을 알아차렸거나 이놈의 목숨이 생각보다 값어치가 없는 것이라 봅니다."

곽종이 포박을 당한 채 주점의 손님들에게 구경거리가 되고 있는 음부곡 곡주를 가리키며 말했다.

"그럴 수도 있겠지."

고개를 끄덕이기는 해도 진유검은 그의 말에 그다지 신경 쓰는 것 같지 않았다.

"낚시라는 게 해보면 알겠지만 그리 쉬운 게 아뇨. 진득하니 기다릴 줄 아는 끈기가 필요하지. 오래 기다리면 기다릴수록 큰 놈이 걸리는 법이라오."

전풍이 입속에 든 만두를 우걱우걱 씹으며 대답했다.

진유검과의 치열한 경합 끝에 마지막 만두를 차지해서 그런지 목소리가 자신만만했다.

"허탕을 쳐도 상관은 없을 것 같은데. 이자로 인해 루외루의 존재가 밝혀졌으니 무황성에서도 충분히 준비를 할 거야. 주변 분위기를 봤을 때 이미 추격을 시작했는지도 모르겠네."

여우희는 주점 밖으로 시선을 슬쩍 돌리며 말했다.

"저놈들 때문에 실패를 할 수도 있겠군요."

곽종이 은연중 따르고 있는 신천옹의 요원들을 노려보며 인상을 찌푸렸다.

"저들을 신경이나 쓸까? 눈에도 차지 않을 텐데."

"하긴, 그건 또 그러네요."

실없게 웃은 곽종이 탁주 사발을 다시 들었다.

"아직 허탕은 아니니까 너무 신경 쓰지 말고 몸이나 제대로 추슬러. 온다면 결코 만만찮은 적들이 올 테니까."

진유검의 나직한 말에 단숨에 잔을 비운 곽종이 가슴을 탁탁 치며 말했다.

"그까짓 부상 이제는 멀쩡합니다. 망신도 한 번이면 족하고요."

"망신이 아니지. 솔직히 우리가 너무 자만했던 거야. 아무리 무림삼비에 속한 루외루라지만……."

여우희는 처참할 정도로 고전했던 지난번의 싸움이 여전히 마음에 남은 듯했다.

여우희가 말을 이어가지 못하고 가만히 술잔을 들자 분위기가 절로 침울해졌다.

"그나저나 유상 형님은 잘 도착했는지 모르겠네."

전풍이 슬며시 화제를 바꿨다.

"한참 전에 도착했겠지. 천강도까지는 뱃길로 금방이니까."

"몸은 괜찮은지 모르겠어. 어르신들께서도 꽤나 놀라셨을 것이고."

여우희는 유상이 상당히 중한 부상을 입고 돌아갔음을 염려했다.

"녀석도 나만큼이나 단단한 몸을 지녔으니까 괜찮을 거요. 또 혼자 간 것도 아니니까."

곽종이 돌아가지 않겠다고 억지를 부리던 유상과 진유검의 요청으로 그를 보살피게 될 신천옹의 요원들을 떠올리며 말했다.

"그리고 어르신들은 놀라시기보다는 오히려 좋아하고 계실 겁니다."

"무슨 소리야?"

"세외사패도 그렇고 루외루도 그렇고 따지고 보면 모두 무림의 안위를 위협하는 자들. 천강십이좌가 본격적으로 움직일 충분한 명분이 된다는 말이오. 매일같이 무료한 삶이 끝났으니 어찌 좋아하지 않을 수 있겠소?"

"그럴… 수도 있겠네."

여우희는 이해했다는 듯 고개를 끄덕였지만 곽종의 말대로 천강도에 남은 이들이 새로운 적의 출현을 반길지는 모르겠다는 표정이었다.

그때였다.

진유검이 묘한 표정을 지으며 주점 밖으로 고개를 돌렸다.

　"무슨 일입니까?"

　곽종이 조심히 물었다.

　"왔군."

　"예?"

　곽종이 두 눈을 꿈뻑이며 되묻자 전풍이 곽종의 옆구리를 콱 치며 말했다.

　"답답하긴. 미끼를 물었다는 말 아니오."

　"미끼… 라면 적이 왔다는 말입니까?"

　곽종이 호들갑을 떨자 진유검이 슬쩍 손을 들어 그를 진정시켰다.

　"자리를 이동하는 것이 좋겠어. 괜한 사람들에게 불똥이 튀면 안 되니까."

　"장소도 협소하지요."

　곽종이 이번에야말로 자신의 실력을 제대로 보여주겠다는 듯 손가락 뚝뚝 꺾어대며 말했다.

　"가죠."

　곽종만큼이나 전의에 불타는 여우희가 가장 먼저 자리를 박차고 일어났다.

　여우희를 필두로 주점을 빠져나온 일행은 번화가를 피해

한적한 들녘으로 걸음을 옮겼다.

일행은 누가 미끼를 물은 것인지, 또 그 수가 얼마나 되는 것인지 전혀 궁금하지 않은 듯 주변으로 고개조차 돌리지 않았다.

그들의 발걸음은 인근 야산 어귀에서 멈춰졌다.

"생각보다 숫자가 적은데요."

곽종이 고개를 돌려 자신들을 따라오는 무리를 살피며 말했다.

언뜻 보기에도 이십 남짓에 불과했는데 진유검 일행이 음부곡를 초토화시켰다는 것을 감안한다면 확실히 적은 숫자였다.

"그만큼 강하다는 말도 되겠지."

여우희가 연검의 손잡이를 꽉 잡으며 정면을 응시했다.

순식간에 거리를 좁힌 적들은 진유검 일행의 여유로운 모습에 조금은 어이가 없다는 반응이었으나 포로로 잡힌 음부곡의 곡주를 확인하자 이내 분위기가 살벌해졌다.

일행을 이끌고 있는 듯 보이는 세 명의 노인이 앞으로 나섰다.

그들은 머리에서 발끝까지, 키와 몸집, 생김새는 물론이고 심지어 입고 있는 옷까지 똑같았으니 그들이 바로 루외루주가 음부곡 곡주를 구하기 위해 보낸 삼선이었다.

"피차 통성명은 필요 없겠고, 이곳으로 이동한 것을 보면 눈치는 제법 있는 모양이구나."

세 사람이 동시에 입을 열었지만 목소리는 하나였다.

"와! 세쌍둥이라니! 머리털 나고 처음 봅니다, 주군."

전풍이 호들갑스럽게 떠들어댔다.

"보기는커녕 들어본 적도 없다."

곽종은 마치 진귀한 짐승을 관찰하듯 삼선의 얼굴을 번갈아 바라보며 놀라움을 감추지 못했다.

전풍과 곽종의 약간은 과장스런 반응에도 삼선은 동요하지 않았다.

애당초 곽종이나 전풍의 존재는 논외였기에 그들의 시선은 오직 진유검에게 맞춰져 있었다.

"눈치랄 것도 없소. 그 많은 사람 앞에서 드잡이질을 할 수는 없기에 적당한 장소를 찾았을 뿐."

진유검이 담담히 대꾸했다.

"지금이라도 포로를 넘겨라. 그러면 편안히 죽여주마."

"죽고 싶은 마음은 없소만."

"거절이냐?"

삼선이 내는 하나의 음성이 묘하게 주변을 울렸다.

"당연히. 그나저나 우리가 꽤나 중요한 인물을 잡은 것 같소. 저자가 별 볼 일 없는 인물이라면 이런 제의조차 없었을 테니까 말이오."

진유검의 말에 삼선은 속내를 감추려 하지 않았다.

"정확하다. 그렇지 않았다면 우리가 이렇게 서둘러 나서지도 않았겠지."

귓속을 웅웅거리는 삼선의 음성에 곽종과 여우희가 인상을 찌푸렸다.

"신기한 건 둘째치고 목소리가 영 거북스러운데요."

"동생도 느꼈어? 나도 그래. 지난번처럼 우리도 모르게 음공에 당하고 있는 것은 아닌지 모르겠어."

둘의 말을 들은 진유검이 가볍게 웃으며 말했다.

"정신을 약간 혼란스럽게 만들 뿐 자체로는 크게 위험하지 않습니다. 문제는 그 혼란스러움이 본격적인 싸움으로 이어졌을 때 치명적인 약점으로 작용할 수 있다는 것이지요."

"그렇다면……."

여우희가 놀란 눈을 치켜뜨자 진유검의 입가에 다시금 미소가 지어졌다.

"큰 문제는 없을 겁니다."

순간, 삼선의 눈빛이 차갑게 빛났다.

진유검의 말대로 딱히 음공이라 할 만한 것은 아니었으나 그들의 음성엔 상대의 정신을 미혹하게 만드는 힘이 깃

들어 있었다.

그리고 지금껏 통하지 않은 상대가 없었다.

효과의 차이는 있을지언정 진유검처럼 전혀 영향을 받지 않는 상대는 존재하지 않았던 것이다.

'확실히 루주께서 우리를 보내신 이유가 있군. 음부곡이 괜히 무너진 것이 아니야.'

삼선이 새삼스런 눈길로 진유검을 바라보았다.

"협상은 결렬되었다."

"협상이랄 것도 없었던 것 같은데……."

"후회할 것이다."

"당신들이 이곳에 나타났다는 것이 이미 실수고 땅을 치고 후회할 일이오."

진유검의 태연스런 대답에 비릿한 미소를 보인 삼선의 시선이 뒤로 향했다.

눈빛이 매서운 사내가 상자 하나를 들고 달려왔다.

"네놈이 음부곡을 무너뜨리고 곡주를 포로로 잡은 일은 우리에겐 참으로 경악스런 일이었다. 평생 이만큼 놀라본 적도 없었지. 이에 칭찬하는 의미로 두 가지 선물을 주려고 한다. 첫 번째는 바로 이것이다."

삼선의 말이 끝나는 것과 동시에 상자가 진유검의 발밑으로 던져졌다.

상자가 부서지며 그 안에 들어 있던 내용물이 사방으로
흩어졌다.

새하얀 소금과 데굴데굴 구르는 하나의 물체.

물체의 정체를 확인한 곽종과 여우희의 입에서 비명이
터져 나왔다.

"서, 설마!"

"도, 동생?"

소금에 절여진 물체는 유상의 머리였다.

선물이라는 말을 듣는 순간부터 자신도 모르게 불안감을
드러냈던 진유검의 입에서도 침음이 흘러나왔다.

음부곡의 곡주라는 미끼를 던지고 적을 유인하려고 했기
에 십살이 자신들의 움직임을 파악하고 있는 것을 모른 척
해줬다.

한데 설마하니 적의 칼날이 자신이 아닌 부상당한 유상
에게 먼저 향할 줄은 생각도 못했다.

"놀랐나 보구나. 미안하지만 네가 이해해라. 노부들이
받은 명은 음부곡을 공격했던 놈들을 모조리 도륙하는 것
이었다. 부상당한 놈이라고 해도 그냥 보낼 수야 없지."

"어디서 만난 것이냐?"

진유검이 치미는 화를 애써 억누르며 물었다.

"장강의 물줄기를 거슬러 올라오다 잡았다."

삼선의 대답에 진유검은 그나마 다행이란 생각을 했다.

만약 삼선이 천강도까지 찾아갔다면 나머지 천강십이좌의 안전까지 심각하게 위협을 받았을 터.

쉽게 당할 실력은 아니었지만 삼선의 전신에서 뿜어져 나오는 기세는 천강십이좌가 감당할 것이 아니었다.

"두 번째 선물은 우리가 준비한 것은 아니다. 그리고 아쉽게도 직접 보지는 못할 것이다."

"무슨 뜻이지?"

"두 번째 선물의 도착지는 여기가 아니라 진가다."

"……."

애써 냉정함을 유지하던 진유검의 얼굴이 심각하게 일그러졌다.

"호오. 이제야 조금 관심이 생기는 모양이구나. 그럼 조금 더 자세히 설명을 해주마. 네놈의 피붙이는 모조리 도륙을 당할 것이고 건물은 주춧돌 하나 남지 않도록 철저히 파괴될 것이다."

"네놈들이 감히! 그러고도 무사할 것 같아!"

전풍이 불같이 소리를 질렀다.

"우리가 하지 않는다. 고작 진가 따위를 공격하는 데 직접 나설 것 같으냐? 기대해도 좋다. 의협이니 뭐니 하면 칭송받는 네놈의 본가가 얼마나 치욕스런 멸망을 맞는지."

삼선의 음성 하나하나가 비수가 되어 진유검의 가슴에 깊숙이 박혔다.

진유검이 차갑게 가라앉은 눈빛으로 삼선을 노려보았다.

"그렇게 시끄럽게 떠들어대지 않아도 어차피 당신들은 그것을 보지 못해."

"우리가 네놈에게 당한다는 것이냐? 자신감은 좋구나."

삼선의 입가에 가소롭다는 웃음이 지어졌다.

"그리고 한 가지 더 약속을 하지."

"지껄여 봐라."

"본가의 식솔 중에 머리카락 하나라도 다치는 사람이 있다면 그 대가는 열 배, 백 배로 치러야 할 것이다. 바로 이렇게."

진유검의 말이 끝나는 것과 동시에 포로로 잡혀 있던 곡주의 입에서 비명이 터져 나왔다.

조부의 친우이자 루외루의 호법으로 막강한 실력을 자랑하는 삼선의 출현에 내심 안도를 하고 있던 그는 갑작스레 날아든 지풍에 한쪽 눈을 잃고 땅바닥을 뒹굴었다.

"근아!"

삼선의 입에서 비명과도 같은 외침이 터져 나왔다.

어릴 적부터 자신들의 무릎에 앉아 재롱을 피우던 공손근(公孫根)이 고통에 몸부림치자 삼선의 분노는 가히 하늘을 찌를 정도였다.

"가장 고통스럽게 죽여주마."

웃음 가득했던 삼선의 얼굴이 흉신악살처럼 변해갔다.

진유검은 그 답례로 공손근의 한쪽 팔을 잘라주었다.

"끄아아아악!"

처절하게 울리는 공손근의 비명과 동시에 삼선의 몸이
허공으로 치솟았다.

* * *

"세상에! 이 많은 돈이 정말 매달 들어오는 수입이란 말
이냐? 이 정도라면 거부가 되는 것은 순식간이겠다."

섬전검 마옥은 무창 지부장 동종유의 보고를 듣고는 벌
어진 입을 다물지 못했다.

"막대한 액수가 유입되고 있다는 것은 알았지만 이 정도
인 줄은 몰랐습니다."

삼안마도 이혼 역시 상상을 불허하는 액수에 기가 질린
듯한 표정이었다.

"벌이가 시원찮았다면 녀석의 성격상 흑월방 따위는 주
지도 않았겠지."

애써 담담한 표정을 짓고는 있었지만 독고무는 자신도

모르게 어깨를 으쓱거렸다.

"진 공자님의 은혜가 실로 큽니다."

"단순히 은혜라고 덮고 넘어가기엔 진 공자께서 우리에게 너무 큰 것을 주었습니다."

무릇 한 세력을 키우거나 유지하기 위해선 뛰어난 인재도 필요한 법이지만 무엇보다 충분한 자금력이 확보가 되어야 한다.

복천회에서도 그 자금을 확보하기 위해 많은 노력을 기울였으나 늘 외부의 이목을 신경 써야 했기에 분명 한계가 있었다.

진유검은 그런 복천회의 자금 문제를 신도세가에게서 빼앗은 흑월방을 그들에게 넘김으로써 단번에 해결해 주었는데 흑월방을 통해 들어오는 자금의 액수가 기존에 벌어들이는 것의 두 배가 넘었기 때문이었다.

독고무는 마옥과 이혼이 앞다투어 진유검을 칭찬하자 내심 흐뭇한 표정을 짓고 있다 동종유에게 시선을 주었다.

"수호표국에 일감을 몰아주고 있다고?"

"예, 일전에 보고를 올린 대로 원래는 벌어들이는 수입의 일정 부분을 따로 떼어드리려고 했지만 진 공자님께서 거절하셨습니다."

"당연하겠지. 의협진가로서도 모양새가 좋지는 않고."

"해서 흑월방의 영향력이 미치는 이들을 통해 수호표국을 돕고 있습니다."

"행여 물리적인 힘이나 쓸데없는 압력을 행사하는 것은 아니겠지?"

독고무가 조금은 차가워진 눈빛으로 물었다.

동종유가 정색을 하며 고개를 저었다.

"절대 그렇지 않습니다. 모두가 흔쾌히 받아들일 수 있는 수준에서 수호표국을 돕는 중입니다. 수호표국에서 모든 일감을 감당할 수 있는 것도 아니니까요."

"잘했어. 녀석이 바라지도 않는데 괜히 도움을 준다고 무리를 했다간 오히려 의협진가의 명성에 누를 끼친다. 지금 정도의 수준을 유지하는 것이 가장 좋을 거다."

"명심하겠습니다."

동종유가 공손히 머리를 숙였다.

"아, 그리고 잠시 의협진가에 다녀올 생각인데 어떻게 생각해?"

"의협진가를 방문하실 생각입니까?"

마옥이 깜짝 놀라 되물었다.

"당연하지. 여기까지 와서 그냥 간다는 게 말이 안 되잖아. 오랫동안 병석에 계셨던 조부님께서 건강을 회복하셨다는데 인사라도 드리고 가야지."

"그거야 그렇지만⋯⋯."

마옥은 차마 말리지 못하고 이혼에게 눈짓을 보냈다.

"소존의 마음은 이해를 하지만 의협진가와 천마신교는 애당초 다른 길을 가던 곳입니다. 외부의 눈도 있고요. 소존께서야 상관하지 않으신다 해도 의협진가의 입장은 또 다를 것입니다."

독고무는 이혼의 은근한 만류에 잠시 생각에 잠겼다.

"음, 일리가 있는 말이긴 한데 그래도 잠시 다녀오는 것이 좋겠어. 녀석이 나중에 내가 여기까지 왔다가 그냥 간 것을 알면 서운해할지도 모르잖아. 전풍 놈도 난리를 칠 거고. 지부장."

"예, 소존."

"갑자기 들이치는 것도 예의는 아니니까 미리 조율하는 것이 좋을 것 같은데."

"수호표국을 통해 소존의 의중을 전하도록 하겠습니다."

"가급적 빨리. 곧 항주로 돌아가야 하니까."

"존명."

동종유가 허리를 숙이며 명을 받자 마옥이 눈을 동그랗게 뜨며 물었다.

"벌써 돌아가실 생각입니까?"

"이곳에 오는 것도 반대가 많았잖아. 볼일 다 봤으면 서

둘러 돌아가야지."

"그렇긴 합니다만."

마옥의 입에서 절로 한숨이 흘러나왔다.

독고무의 말대로 항주와 더불어 복천회의 핵심 거점으로 떠오른 무창지부를 잠시 돌아보고자 했을 때 반대 의견이 많았다.

항주의 상황이 완전히 안정된 것도 아니었고 천마신교가 어찌 움직일지 정확하게 파악이 되지 않았기 때문이었다.

그러나 독고무는 그런 의견을 무시하고 최소한의 수행원만 대동한 채 무창지부를 방문을 했다.

자신의 의견을 관철시키기는 했어도 나름 부담은 있었을 터.

그것을 알기에 마옥은 금방 돌아간다는 독고무의 말에 반대를 할 수가 없었다.

풀이 죽은 마옥의 어깨를 가만히 두드린 이혼이 문득 생각이 난 듯 동종유에게 물었다.

"아참, 그런데 산적 놈들이 움직인다는 말이 있던데 무슨 소리더냐?"

"별일 아닙니다. 인근에 있는 산채가 조금 들썩인다는 보고가 있었을 뿐입니다."

"녹림?"

"예, 하지만 그쪽 세계에서 별 존재감도 없는 놈들입니다. 너무 신경 쓰지 마십시오."

"세월이 하수상하니 이젠 산적 놈들까지 미쳐 날뛰는군."

이혼의 말에 마옥이 비릿한 웃음을 흘렸다.

"언제고 한번 제대로 걸려야 하는데 말이오."

"쯧쯧, 소 잡는 칼을 가지고 닭을 잡으려는가?"

"닭이나 되면 여한이 없겠소. 당금 녹림에 그만한 자가 있다고 보시오? 어림없는 소리지."

마옥이 호기롭게 소리쳤다.

"그거야 모르는 일이네. 녹림에 우리가 모르는 기인(奇人)이 있을지."

"제발 부탁이니 그런 기인 면상이나 봤으면 좋겠소. 무영도에서 지내는 동안 갈고 닦은 검이 얼마나 잘 벼려졌는지 확인할 좋은 기회일 테니 말이오."

"그놈의 호승심은. 내일 모레면 자네도 일흔이야."

이혼이 어이없다는 표정을 지었다.

"그러니까 말이오. 더 퇴물이 되기 전에 제대로 실력 발휘를 해봐야 할 것 아니오."

"쯧쯧, 선배들이 들으면 좋아할 소리만 하는군."

팔순에 이른 혈류전마를 필두로 복천회의 원로, 장로의

나이는 대부분이 칠십을 넘었으니 마옥의 말대로라면 그들 모두가 퇴물이 되는 것이다.

"마, 말이 그렇다는 것이오."

마옥이 멋쩍은 표정으로 변명을 하자 잠시 웃음이 터졌다.

그 웃음이 잦아들 즈음 잠시 자리를 비웠던 흑월방 방주 감웅이 들어왔다.

독고무로부터 흑월방을 제대로 이끈 공을 크게 칭찬받아 밝은 얼굴로 방을 나섰던 것과는 달리 상당히 표정이 굳어 있었다.

"무슨 일이라도 있는가?"

동종유가 얼른 물었다.

"아무래도 분위기가 이상합니다."

"분위기가 이상하다니?"

"얼마 전, 제가 산적 놈들이 설친다고 보고를 드리지 않았습니까?"

"그랬지. 그다지 신경 쓰지 않아도 된다고 하지 않았는가?"

"그런데 그게 아닌 것 같습니다."

"아니라니? 제대로 말을 해 보거라."

마옥이 다소 흥분된, 그리고 약간은 기대에 찬 음성으로 소리쳤다.

"여러 무리의 산적들이 이곳 무창을 향해 은밀히 몰려오고 있습니다. 그 수가……."

감웅이 질린 표정으로 말끝을 흐리자 동종유가 버럭 화를 냈다.

"소존께서 계시네. 똑바로 보고를 하게."

"그, 그 수가 오백에 육박한다고 합니다."

"오… 백? 인근 산채의 산적 수가 그렇게 많았나?"

동종유가 황당하다는 듯 되묻자 이혼이 차갑게 대꾸했다.

"숫자가 많고 적음이 문제가 아니다. 놈들이 어떤 목적을 가지고 이곳으로 몰려오느냐가 중요한 것이지."

"산적 놈들만이 아닙니다."

감웅의 말에 좌중의 분위기가 싸늘하게 식었다.

"산적 말고 또 다른 놈들이 있단 말인가?"

동종유의 물음에 감웅이 이마에 흐르는 땀을 훑어내며 고개를 끄덕였다.

"그렇습니다. 낭인들로 보이는 자들이 삼삼오오 짝을 이뤄 집결하고 있습니다."

"낭인들이? 숫자는 얼마나 되느냐?"

"족히 삼백은 되는 것 같습니다. 의아한 것은 낭인들과 산적 놈들 사이에 몇 번이나 충돌을 할 상황이 있었지만 아무런 일도 벌어지지 않았다는 겁니다. 오히려 함께 움직이는 자들도 있었습니다. 저들의 성정상 있을 수 없는 일입니다."

"한통속이라는 말이군. 뭐야, 그럼 거의 팔백에 이르는 병력이 움직인다는 소리잖아. 놈들이 무엇을 노리는 것인지 확인이 되었느냐?"

마옥이 물었다.

"모르겠습니다. 짐작조차 가지 않습니다."

감웅이 민망한 얼굴로 고개를 저었다.

"너는 어찌 생각하느냐?"

이혼이 동종유에게 물었지만 동종유도 혼란스러운 표정만 지을 뿐이었다.

"이해가 가지 않는군. 녹림이야 그들끼리 교감이 있을 수 있겠지만 어찌해서 낭인들까지 함께 움직이는 것이지?"

독고무의 질문에도 답은 나오지 않았다.

오랫동안 무영도에서 거주했기에 현 무림 상황에 어두운 마옥이나 이혼은 물론이고 오랫동안 외부에 나와 있던 동종유 역시 전혀 감을 잡지 못했다.

"녹림과 낭인들을 함께 움직일 수 있는 세력이 있을까?"

독고무가 다시 물었다.

"막대한 자금을 동원하면 가능은 할 것 같습니다만 현 상황에서 그럴 만한 곳은……."

동종유가 곤혹스런 얼굴로 대답을 할 때 독고무가 벌떡 일어났다.

독고무의 반응에 놀란 이들이 당황한 눈빛으로 그를 바라보았다.

"훗, 재밌군. 이곳을 노린 건가?"

독고무가 비웃음을 흘리며 문을 박차고 뛰쳐나가자 마옥과 이혼 등이 굳은 얼굴로 뒤를 따랐다.

얼마를 움직였을까?

사색이 된 사내 한 명이 그들을 향해 달려왔다.

동종유가 묻기도 전에 사내의 입에서 다급한 보고가 시작됐다.

"낭인들이 공격해 왔습니다."

"낭인? 규모는?"

"오십 남짓입니다만 제법 험악한 놈들이라 기존 아이들의 피해가 큽니다."

수하의 보고를 받은 동종유의 얼굴이 딱딱하게 굳었다.

과거야 어찌 되었든 지금은 자심이 품고 있는 수하들이 아닌가.

나름 충성심도 있었으니 마음이 편할 수가 없었다.

"그런데 오십이라고? 다른 적은 없느냐?"

무창으로 몰려온 낭인의 수가 삼백을 넘는다는 것을 알고 있던 감웅이 고개를 갸웃거리며 물었다.

"없습니다. 그놈들이 다입니다. 아, 놈들의 대화를 들어 보면 이곳 말고 다른 곳도 공격하는 것 같았습니다."

"다른 곳? 어디냐?"

"수호표국이었습니다."

순간, 모든 이의 얼굴이 흙빛이 되었다.

수호표국을 공격한다는 것은 곧 의협진가를 공격하겠다는 것.

무창에 접근하는 녹림과 낭인들의 목표가 비로소 확인된 것이다.

"신도세가가 움직인 것인가?"

독고무가 살기 가득한 음성으로 물었다.

"이화검문일 가능성도 있습니다."

"어쩌면 모두가 작당해서 모의를 한 것일 수도 있겠군요."

마옥과 이혼의 말에 독고무의 기세가 더욱 무서워졌다.

"섬전검."

"예, 소존."

"놈들을 막아라. 한 놈도 살려두지 마."

"존명!"

힘차게 명을 받은 섬전검이 거친 함성, 날카로운 병장기 소리가 들려오는 전장을 향해 뛰어갔다.

"삼안마도."

"예, 소존."

이혼이 진중한 자세로 대답했다.

"수호표국으로 가라. 감웅."

"예, 소존."

"이곳은 섬전검으로 충분하다. 네가 삼안마도를 안내해라. 적의 규모를 알 수 없으니 흑월방의 나머지 병력을 이끌고 움직여."

"존명!"

이혼과 감웅이 동시에 명을 받았다.

"동종유."

"예, 소존."

"지금 즉시 무창지부의 모든 병력을 의협진가로 움직여라. 놈들이 의협진가를 노렸다면 아마도 가장 많은 병력이 집중되었을 것이다."

"알겠습니다. 한데 소존께선……."

독고무가 천천히 몸을 돌렸다.

"의협진가로 간다."

            *   *   *

　"저깁니다. 저곳이 바로 의협진가입니다."

　수하가 가리키는 곳으로 고개를 돌린 나목채(裸木寨) 채주 장걸(張杰)은 인상을 팍팍 구겼다.

　"젠장! 하고 많은 곳에 왜 하필이면 의협진가야."

　"지금이라도 물러나는 것이 어떨까요, 채주?"

　부채주 웅손(熊飧)이 영 떨떠름한 표정으로 물었다.

　"말이 되냐? 총채주님의 명을 어겼다간 그나마 산적질도 못해."

　장걸이 버럭 화를 냈다.

　"하지만 다른 곳도 아니고 의협진가입니다. 무황성에서 결코 좌시하지 않을 겁니다. 아니, 어쩌면 전 무림이……."

　"닥쳐! 그래서 어쩌라고? 지금 물러나면 어차피 죽어. 게다가 우리가 물러난다고 다른 놈들까지 물러나는 건 아니잖아. 빌어먹다 온 낭인 새끼들도 저렇게 불을 켜고 달려드는 걸 봐라. 자칫하면 고생은 고생대로 하고 정작 공은 엉뚱한 놈들에게 빼앗기는 수가 있어."

　"근데 총채주께서 낭인 놈들까지 수하에 두신 겁니까?"

　"그걸 내가 어찌 알아. 쓸데없는 데 신경 쓰지 말고 당장 공격해. 기왕지사 벌어진 일이라면 다른 누구보다 우리가 먼저 공을 세운다."

"알겠습니다."

웅손이 대감도를 하늘 높이 치켜세우더니 수하들에게 명을 내렸다.

"공격해랏! 모조리 쓸어버려!"

웅손의 명이 떨어지는 것과 동시에 흉험한 살기를 풀풀 풍겨 대고 있던 나목채의 산적들이 일제히 함성을 지르며 의협진가를 향해 돌진했다.

"와아아아!"

"죽여랏!"

산적들이 몰려올 때부터 이미 심상치 않은 기색을 눈치 채고 있던 의협진가의 무인들은 내원으로 이 사실을 알리는 것과 동시에 일단 정문을 걸어 잠갔다.

담장이 그리 높지 않아 큰 기대는 할 수 없지만 잠시나마 시간을 끌 수는 있을 터였다.

"담을 넘을 수는 있다. 하지만 넘은 놈들은 단 한 놈도 살려 보내선 안 될 것이다."

때마침 외출에서 돌아오다 정문에서 적을 맞이하게 된 하후진이 적의 숫자에 조금은 기가 죽은 식솔들을 독려하며 소리쳤다.

하후진의 말이 끝나는 것과 동시에 담벼락을 뛰어넘은 산적 하나가 작살과 비슷한 모양의 창을 던져왔다.

맹렬히 파공성을 내며 짓쳐 드는 것이 실로 위협적이었으나 하후진은 피하지 않고 간단히 몸을 돌려 창을 낚아채더니 창이 날아오던 힘을 이용해 배는 빠르게 적에게 돌려줬다.

"끄헉!"

자신의 창에 가슴이 꿰인 산적이 외마디 비명을 지르며 고꾸라졌다.

그것이 시작이었다.

어느새 담벼락 위엔 공을 세우기 위해, 아니, 승리 후의 잔인한 약탈을 위해 두 눈에 핏발을 세운 산적들이 새까맣게 올라오고 있었다.

"오라! 고작 네놈들 따위에게 당할 의협진가가 아니다!"

하후진이 담벼락에서 뛰어내리는 산적을 향해 맹렬히 돌진했다.

그에 발맞춰서 정문을 지키고 있던 이들과 적이 침입을 했다는 소식을 듣고 속속 달려온 식솔들이 산적, 낭인들과 정면으로 맞서기 시작했다.

"침입이라니! 대체 어떤 놈들이 감히 본가를 공격한단 말이냐!"

오랜만에 태상가주와 담소를 나누고 있던 허극노가 황당함을 감추지 못하고 언성을 높였다.

"아, 아직 놈들의 정체는 확인되지 않았지만 상당한 규모의 적이 침입했다고 합니다."

"무염."

태상가주 진산우가 옆에 있던 호위무사 무염을 불렀다.

"예, 태상가주님."

"어찌 된 상황인지 확인을 하여라. 우선적으로 호의 안전을 확인하고 확보해야 할 것이다."

"예."

짧은 대답과 함께 무염의 신형이 그 자리에서 사라졌다.

"가봐야 할 것 같군."

허극노가 분분히 일어나며 말했다.

"함께 가지."

"괜찮겠나? 기력을 회복한 지 얼마 되지 않았어."

허극노가 걱정스런 눈길로 진산우를 바라보았다.

죽음을 목전에 두고 극적으로 살아 돌아온 지 고작 한 달여, 눈에 띄게 회복을 했다고는 해도 과거의 정정했던 모습과 견주어 보면 아직 어림도 없었다.

"괜찮네. 명색이 태상가주인데 어떤 놈들이 본가를 공격하는지 확인은 해야지."

"알았네. 그럼 함께 가지."

애써 담담한 음성과는 달리 처소를 나서는 두 사람의 얼굴엔 무거운 그늘이 드리워져 있었다.

"으아아악!"

전장에 가까워질수록 병장기 부딪치는 소리와 끔찍한 비명 소리, 치열한 함성과 고함이 똑똑히 전해졌다.

"서둘러라!"

곽정산이 뒤를 따르는 이들을 향해 언성을 높였다.

최대한의 속도로 달린 그들은 순식간에 정문과 연결된 연무장에 도착을 했다.

"버러지 같은 놈들이 감히!"

정문으로 달려오는 과정에서 의협진가를 공격한 적들이 한낱 산적들이라는 것을 확인한 곽정산의 입에서 노호성이 터져 나왔다.

"사부님!"

곽정산보다 조금 늦게 도착한 곡인이 거친 숨을 몰아쉬며 전장을 살피다 입술을 질끈 깨물었다.

전장은 그야말로 지옥도.

필설(筆舌)로 설명하기 힘들 정도로 처절한 싸움이 벌어지고 있었다.

담벼락에는 여전히 많은 산적이 매달려 있었고 굳게 닫혔던 정문은 어느새 환히 열려졌다.

정문이 열리는 것을 막고자 했는지 정문 주변으로 유난히 많은 시신이 쓰러져 있었는데 그나마 의협진가의 무인으로 보이는 시신은 몇 없다는 것이 위안이라면 위안이었다.

곽정산이 심각한 표정으로 주변을 살폈다.

적들이 기습을 했다는 다급한 전갈을 접했고 그 적들이 녹림도라는 것을 확인했을 땐 상황이 지금처럼 심각할 줄은 생각도 하지 못했다.

비록 수적으로 열세일지 몰라도 의협진가의 제자는 무림 어디에 내놓아도 부족함이 없는, 산적질이나 하는 녹림도와 비교할 바가 아니라 여겼다.

아무리 많은 적이 몰려온다고 해도 능히 물리칠 수 있으리라 굳게 믿었다.

그런데 많아도 너무 많았다.

신도세가와 이화검문의 계략으로 인해 지난 몇 년간 암흑기를 보낸 의협진가의 힘은 전에 없이 약화된 상태였다.

특히 얼마 전 수호표국을 구하기 위해 움직이던 정예들이 신도세가의 혈수단에 의해 큰 피해를 본 것이 치명타였다.

"크아악!"

정문 인근에서 단말마의 비명이 터져 나왔다.

비명의 주인이 나이 어린 사손임을 확인한 곽정산의 눈에서 불똥이 튀었다.

머뭇거릴 틈이 없었다.

잠깐의 주저함에 얼마나 많은 제자가 목숨을 잃을지 몰랐다.

"가자!"

검을 꽉 움켜쥔 곽정산의 신형이 하늘 높이 도약했다.

단숨에 오 장여를 움직인 곽정산의 검이 벼락처럼 내리꽂혔다.

곽정산의 무시무시한 공세에 노출된 산적 셋이 비명도 지르지 못하고 숨통이 끊겼다.

"저 늙은이 잡아!"

누군가의 외침과 함께 제법 정련된 눈빛을 지닌 산적들이 곽정산을 노리며 달려들었다.

빠른 움직임, 날카로운 공격력으로 보아 지금과 같은 상황을 대비해 오랫동안 훈련을 한 흔적이 보였다.

"흥, 산적들치고는 제법이구나!"

가소롭다는 듯 비웃어준 곽정산이 정면으로 치고 나갔다.

곽정산의 막강한 내력을 품은 검이 태산처럼 움직이고 그를 공격했던 산적들의 검이 모조리 허공으로 치솟아 올랐다.

단 한 번의 움직임으로 자신을 공격한 산적들의 병장기를 무력화시킨 곽정산은 혼비백산하여 물러나는 그들을 향해 다시금 검을 휘둘렀다.

섬뜩한 파공성과 함께 도주하던 산적들의 상체와 하체가 모조리 분리되고 뿜어져 나온 피가 주변을 붉게 물들였다.

"마, 막아랏!"

의협진가를 공격했던 여러 산채 중 한곳의 우두머리로 보이는 자의 다급한 음성이 이어졌다.

하지만 곽정산을 공격했던 동료들이 어떤 꼴을 당했는지 바로 앞에서 지켜본 산적들은 감히 움직이지 못했다.

"이것들이!"

불같이 화를 낸 채주가 들고 있던 검으로 뒷걸음질 치던 산적 둘의 목을 베었다.

"이 병신 같은 새끼들아! 공격해, 공격하란 말이다! 공격하지 않으면 저 늙은이가 아니라 내 손에 먼저 죽을 것이다!"

주춤주춤하던 산적들은 악귀처럼 날뛰는 채주의 검에 밀려 어쩔 수 없이 곽정산을 상대해야 했다.

두려움을 잊기 위해 악을 쓰며 달려들었지만 결과는 마찬가지였다.

곽정산의 막강한 내력이 실린 검은 한낱 산적들이 막기엔 너무도 강력했다.

스치기만 해도 들고 있던 무기가 박살이 났고 전신을 휘감아 오는 기세를 감당하지 못한 채 피를 토하며 픽픽 쓰러졌다.

노구(老軀)임에도 움직임이 얼마나 빠른지 빽빽이 밀집된 전장에서 바람처럼 적들을 헤집고 다녔다.

백미는 수하들을 사지로 내밀었던 채주의 목을 날려 버린 것이었다.

채주를 보호하기 위해 몇 겹의 보호막이 있었지만 곽정산의 무위 앞에선 전혀 문제될 것이 없었으니 채주의 목이 날아가면서 눈 깜짝할 사이에 산채 하나가 완벽하게 와해된 것이다.

"버러지 같은 놈!"

몸과 분리된 채주의 목을 발로 걸어찬 곽정산의 눈에 막

정문을 통과하는 낭인 무리가 들어왔다.

방금 상대했던 산적들과는 기세부터 다른, 몹시 위험한 기운을 지닌 낭인들.

곽정산의 입술이 기이하게 뒤틀리고 눈가엔 진한 살기가 감돌았다.

"음."

뒤늦게 전장에 도착한 진가운과 허극노는 눈앞에 벌어진 참상에 안타까운 침음을 흘렸다.

도처에 널린 시신들과 해일처럼 몰아쳐오는 산적들을 상대하기 위해 필사적으로 노력하는 제자들의 모습이 눈에 들어왔다.

의협진가의 가장 강력한 전력이자 압도적인 무력을 자랑하던 곽정산은 정체를 알 수 없는 낭인들에게 둘러싸인 채 좀처럼 포위망을 벗어나지 못했다.

그의 검이 한 번씩 번뜩일 때마다 서너 명의 낭인이 사지가 잘려 쓰러졌지만 뚫린 구멍은 다른 낭인들에 의해 순식간에 메워졌다.

곽정산이 산전수전을 모두 겪은 노회한 낭인들의 교묘한 연합 공격에 계속해서 발이 묶였고 주변을 완전히 뒤덮을 정도로 많은 적이 몰려들고 있었지만 전황은 생각보다 나쁘지 않았다.

뒤늦게 싸움에 참여한 장로들이 산적들을 말 그대로 쓸어버리고 있었기 때문이었는데 개개인이 능히 한 지역의 패자가 될 수 있을 정도의 실력을 지니고 있다는 소문대로 의협진가의 장로들의 실력은 무시무시했다.

각 산채에서 방귀 깨나 뀐다 하는 자들이 의협진가의 장로들을 막기 위해 나섰지만 십 초를 버티는 자가 드물 정도로 실력에서 확연한 차이를 보여줬다.

"태상가주님."

진가운의 명을 받고 진호를 보호하기 위해 움직였던 무염이 신기루처럼 나타났다.

"호는 어찌 되었느냐?"

"안전한 곳으로 모셨습니다."

"녀석의 성격으로 순순히 따르지는 않았을 터인데."

"무례를 범했습니다."

고개를 숙이는 무염을 잠시 바라보던 진가운이 부드러운, 그러나 약간은 노기가 깃든 음성으로 말했다.

"어리기는 하나 의협진가의 가주로 내정되어 있는 아이다. 함부로 해서는 안 될 것이야."

"송구합니다."

"하지만 상황이 급박하니 너로서도 어쩔 수 없었겠지. 그래도 이번뿐이다."

"명심하겠습니다."

"그래, 놈들의 정체는 확인했느냐?"

"보고 받으신 대로 녹림의 산적들과 낭인들이 틀림없는 것 같습니다."

"허! 녹림과 낭인들이라."

진가운이 어이가 없다는 듯 헛바람을 내뱉었다.

살아생전에 의협진가가 다른 곳도 아니고 고작 녹림과 낭인 따위에게 공격을 당할 줄은 상상조차 해보지 않았다.

"피해가 얼마나 되느냐?"

허극노가 주체할 수 없는 분노를 애써 가라앉히며 물었다.

"확인된 인원만 대략 열대여섯 정도입니다."

"그만큼이나?"

허극노가 기도 안 찬다는 듯 탄식을 내뱉었다.

하지만 그는 몰랐다.

그 인원을 쓰러뜨리기 위해 녹림과 낭인들은 거의 대여섯 배가 넘는 인원이 허무하게 목숨을 잃었다는 것을.

"초반에 피해가 컸던 것으로 보입니다. 정문을 지키던 아이들 대부분이 당했습니다."

"그렇구나."

진가운의 날카로운 눈이 제자들의 피를 담보로 활짝 열린 정문과 그 정문을 통해 꾸역꾸역 밀려드는 적들을 차갑게 응시했다.

29장

의협진가(義俠陳家)를 향해

'독특하군.'

진유검은 자신을 공격하는 삼선의 무기가 각기 다르다는 것에 의아심을 느꼈다.

또한 그들의 진형을 보고 한 번 더 고개를 갸웃거렸다.

보통 합공이라 하면 상대를 두고 좌우, 혹은 앞뒤에서 포위하는 형식으로 진형을 구축한다.

상대가 움직일 수 있는 방위를 차단하기 위함이다.

그런데 삼선은 달랐다.

그들은 진유검과 정면으로 마주했다.

완전한 직선이 아니라 반월형이기는 했지만 통상적인 합공과는 그 궤가 분명히 달랐다.

좌측에 선 노인은 검을 들었고, 우측에 선 노인은 거무튀튀한 철적(鐵笛)을 들었다.

두 자 반에 이르는 철적은 일반적인 피리보다 훨씬 컸고, 재질 또한 범상치 않은 것으로 훌륭한 타격 무기가 될 듯싶었다.

물론 그것이 전부는 아닐 것이다.

중앙에 선 노인은 아무런 무기를 들지 않았는데 진유검은 그 노인이야말로 가장 위험한 인물임을 직감했다.

붉게 변색된 왼손과 옥처럼 투명한 오른손이 시각적으로 극명한 대비를 보이며 어딘지 모르게 섬뜩한 느낌을 주었다.

왼쪽 방향에서 섬광이 번쩍이는 것 같더니 시퍼런 검날이 옆구리를 파고들었다.

동시에 오른쪽에선 철적이 머리를 노리며 짓쳐 들었다.

철적에 뚫린 구멍 사이에서 독을 바른 암기가 선봉을 자처하며 달려들었다.

진유검은 가볍게 검을 움직여 왼쪽에서 접근하는 검을 튕겨 내고 팔소매를 휘감아 철적에서 날아온 암기를 무용지물로 만들더니 철적을 든 노인을 향해 무흔지를 발출했다.

역공을 받은 노인은 침착한 얼굴로 철적을 회전시켜 무흔지를 막아냈지만 무흔지에 실린 진유검의 내력은 간단한 것이 아니다.

철적을 든 노인이 팔을 타고 올라오는 충격에 감전된 듯 몸을 떨었다.

허점을 발견한 진유검이 노인의 숨통을 끊기 위해 움직이려는 순간 가운데 선 노인이 양손을 뻗었다.

두 줄기 장력이 가슴을 파고들었다.

왼쪽 손에서 발출된 장력은 활화산처럼 뜨거웠고, 오른손에서 발출된 장력은 북풍한설처럼 냉랭했다.

진유검은 즉시 검을 회수하여 접근하는 장력을 끊어냈다.

엄청난 한기와 열기가 동시에 전해졌다.

오른쪽 장력에 스친 옷자락이 그대로 얼어붙으며 부서졌고 검신을 휘감은 장력에 손바닥이 타는 듯한 느낌이었다.

궁극의 극양지력(極陽之力)과 극음지력(極陰之力).

"괴물이군."

진유검의 입에서 탄성이 터져 나왔다.

인간의 몸으로 성질이 전혀 다른 두 가지 무공을 동시에 발출한다는 것이 도저히 믿기지 않았다. 아니, 애당초 익혔다는 것 자체가 기적 같은 일이었다.

진유검이 놀라움을 감추지 못하는 사이 충돌의 여파를 진정시킨 노인이 다시금 철적을 휘둘렀다.

진유검이 철적을 향해 검을 움직일 때 좌측에서 빠르고 날카로운 검이, 정면에선 극양, 극음의 기운을 지닌 장력이 짓쳐 들었다.

교묘하게 시간 차를 둔 공격.

제아무리 완벽한 합공, 혹은 합격술이라 하더라도 어딘가에는 분명 틈이 있게 마련이고 그 틈을 최대한 줄이고 없애나갈 수록 더욱 강력한 힘을 발휘한다.

한데 한 명의 적을 향해 각기 무공을 펼치는 삼선의 움직임엔 그 틈이 보이지 않았다.

그들은 서로의 영역을 완벽하게 구분하지 않았다.

오히려 이해가 되지 않을 정도로 서로 얽히고설켰다.

그럼에도 전혀 위화감이 없었고 공격 사이에 간극이 조금도 느껴지지 않았다.

세 사람이 마치 한 몸이 되어 각각의 무공을 동시에 펼쳐내는 양 그들의 공격은 완벽하게 연계되어 있었다.

극양의 기운이 철적에서 발출된 암기를 휘감아 위력을 배가시켰고 극음의 기운이 좌측에서 움직이는 검의 길을 인도했다.

"기가 막히는군."

삼선의 공격을 지켜보던 곽종은 경악을 금치 못했다.

소름 끼치도록 완벽한 합격술에 공포감이 밀려들었다.

그가 판단하기에 삼선 개개인의 무공은 천강도에 은거하고 있는 천강일좌를 능가하는 수준이었다.

그런 세 사람이 마치 한 몸처럼 움직이고 있었다.

그것도 각기 다른 무기, 무공을 사용하면서.

지금껏 믿기 힘들 정도로 강력한 무위를 보여주었던 진유검이라도 이번만큼은 버거운 싸움이 될 수 있다는 생각이 들었다.

"도와야 하는 것 아니오?"

곽종이 그만큼이나 심각한 표정으로 싸움을 지켜보고 있는 여우희에게 물었다.

여우희는 쉽게 대답하지 못했다.

그녀 역시 곽종과 같은 생각이었다.

그럼에도 선뜻 나서지 못하는 것은 주군의 위기를 보고도 한가로이 풀피리나 불어 대는 전풍의 모습 때문이었다.

진유검에 대해 누구보다 잘 알고 있는 전풍이 저토록 여유로운 모습을 보인다는 것은 자신과 곽종이 판단하고 있는 위기라는 것이 어쩌면 진짜가 아닐 수도 있다는 생각이 들었다.

일단 확인을 해야 했다.

"어떻게 생각해?"

"뭘요?"

여우희는 심사숙고해서 질문을 던졌지만 전풍은 대수롭지 않다는 표정으로 되물었다.

"곽 동생의 말대로 령주님을 도와야 하지 않을까?"

전풍이 피식 웃었다.

"농담하는 거죠?"

"농담… 이라니?"

여우희의 고운 아미가 살짝 찌푸려졌다.

"왜요? 저 늙은이들이 기세를 좀 올리니까 주군께서 위험해 보여요?"

"아무래도……."

곽종이 말끝을 흐렸다.

"쯧쯧, 내가 누누이 말했잖소. 주군은 형님이나 누님이 알고 있는 것보다 훨씬 강한 사람이라고. 경칠 생각 없으면 괜히 끼어들지 말고 그냥 얌전히 있어요. 어차피 금방 끝날 테니까."

전풍은 더 이상 대꾸할 가치가 없다는 듯 고개를 홱 돌렸다.

"믿지. 믿지만 지금 상황이……."

곽종의 말은 더 이상 이어지지 못했다.

삼선을 뒤따라온 자들이 그들을 노리며 접근하고 있었기 때문이었다.

적의 수는 정확히 이십 명.

여우희와 곽종, 전풍의 실력을 감안했을 때 터무니없이 적은 수였지만 삼선이 직접 부리는 수하들로 개개인의 실력이 절정에 이른 최정예였다.

그들의 기세가 만만치 않음을 느낀 여우희와 곽종의 얼굴에 긴장의 빛이 흘렀다.

바로 그때였다.

모두의 움직임을 그대로 멎게 하는 굉음과 함께 누군가의 신형이 실 끊어진 연처럼 하염없이 날아가 처박혔다.

그가 삼선의 중추이자 중앙을 책임지고 있는 노인이라는 것은 진유검과 여전히 맞서고 있는 두 노인이 모두 무기를 들고 있는 것으로 확인되었다.

갑작스럽게 일어난 일에 여우희와 곽종은 어이가 없었다.

방금 전만 해도 진유검의 위기를 걱정했건만 잠시 눈길을 돌린 그 짧은 시간에 승부를 가늠하는 결정적인 상황이 벌어진 것이다.

두 사람의 시선이 여전히 싸움을 지켜보고 있던 전풍에게 향했다.

전풍이 어깨를 으쓱이며 말했다.

"내가 그랬잖소. 금방 끝날 싸움이라고."

"대체 무슨 일이 벌어진 거야? 어째서 저 늙은이가 저 꼴이 된 거지?"

곽종이 여전히 믿어지지 않는다는 얼굴로 이미 숨이 끊긴 듯한 노인에게 시선을 던졌다.

"워낙 빨라서 확실하다 단언할 수 없지만 아무래도 연화장(蓮花掌)을 맞은 것 같소."

"연화… 장?"

"맞은 부위에 연꽃처럼 화사한 흔적이 남는다고 해서 붙은 이름인데 계집애 이름처럼 나긋나긋 해도 위력을 보면 입이 벌어질 거요. 저런 바위 정도는 흔적도 없이 날려 버릴 정도니까."

여우희와 곽종은 전풍이 가리키는 바위의 크기에 흠칫 놀랐다.

"흐흐흐! 주군께서 저 늙은이를 우선적으로 처리한 것을 보면 같잖은 장법을 지녔다고 거들먹거리는 것이 꽤나 거슬렸던 것 같소. 좌우에서 밀려오는 검과 철적을 막아낸 이후에 충분히 검을 놀릴 여유가 있었음에도 굳이 연화장을 사용한 것을 보면 말이오."

"하지만 그럴 여유가 있었단 말이야? 저들의 움직임을

봤을 때 공수에 빈틈이 없었어. 공격할 때는 물론이고 수세에 몰릴 때도 서로의 약점을 완벽하게 보완하고 있었단 말이야. 자칫 무리해서 공격을 하면 오히려 령주께서 역공을 당하셨을 텐데."

여우희의 말에 전풍이 고개를 저었다.

"난 흐리멍덩한 눈을 가지고 있어서 그런지 누님이 말한 것처럼 늙은이들의 합공이 완벽한 줄은 모르겠소. 그저 내가 본 것을 말하자면 주군께서 천망으로 늙은이들의 합공을 완벽하게 차단한 뒤, 주춤하여 물러나는 왼쪽 늙은이에겐 단섬의 빠름을, 철적에서 암기를 쏟아낸 늙은이에겐 무흔지가 어떤 위력을 지녔는지 제대로 알려주더이다. 크크! 아마 깜짝 놀랐을 것이오. 그 많은 암기가 무흔지에 휘말려 흔적도 없이 사리지는 것을 경험했으니."

키득거리며 웃던 전풍이 이미 숨이 끊어진 노인을 힐끗 바라보며 말을 이었다.

"좌우 늙은이의 움직임을 봉쇄한 주군은 미친 듯이 장력을 날리며 물러나는 늙은이를 향해 돌진했소. 그리고 딱 한 번 손을 움직였지. 그 결과가 저거요. 늙은이가 발출했던 모든 장력은 연화장의 위력에 흔적도 없이 사라졌고 그것도 부족해 저 꼴이 되고 말았소. 나중에 보면 알겠지만 가슴에 화사한 꽃무늬가 있을 거요. 더 궁금하면 가슴을 갈라

보쇼. 충격으로 인해 한 줌 물로 변해 버린 오장육부를 볼 수 있을 테니까."

여우희와 곽종이 오만상을 찌푸리며 바라보자 전풍이 떨떠름한 얼굴로 대꾸했다.

"그렇게 보진 마쇼. 나도 사람이 아니라 연화장에 당한 상어의 배를 갈라 보고 안 것이니까."

전풍이 큭큭거리며 설명을 했지만 어느새 시선을 거둔 여우희와 곽종의 눈은 남은 삼선을 처참하게 짓뭉개고 있는 진유검의 움직임에 고정되어 있었다.

"크으으윽!"

나직한 신음과 함께 검을 사용하던 노인의 몸이 힘없이 무너지고 있었다.

평생을 갈고 닦은, 그중에서 최강이라 자부할 만한 무공이 적에게 아무런 위협도 되지 못하고 힘없이 파괴되는 처절한 경험을 한 후, 마지막 수단으로써 분쇄(分碎)를 시전했다.

전신의 내력을 검에 집중시킨 후, 검신을 수백, 수천 조각으로 나누어 상대를 격살시키는 최후의 비기.

한데도 상대는 아무런 영향을 받지 않았다.

빛무리가 진유검을 감쌌다고 생각하는 찰나, 그를 향했던 검편(劍片)이 방향을 바꿨다.

목표로 한 적이 아니라 도리어 자신의 몸에 박힌 무수한 검편을 응시하는 눈동자엔 불신의 기운이 가득했다.

"어, 어째서……."

죽는 순간까지 그는 자신이 실패했다는 것을 외면하고 싶어했다.

진유검의 검이 마지막 남은 상대를 향해 움직였다.

이미 몇 번의 경험으로 진유검의 검과 정면으로 부딪치는 것은 자살행위임을 깨달은 노인이 검의 공격 범위를 피하기 위해 몸을 훌쩍 날렸다.

그런데 어찌 된 일인지 검의 사정거리에서 전혀 벗어날 수가 없었다.

느리지만 검은 여전히 그의 정수리를 목표로 내려오고 있었고 노인은 필사적으로 발걸음을 놀렸다.

"저거 못 피하오. 주군의 보법은 순간적이긴 해도 이 몸이 시전하는 백보운제를 따라잡을 수 있을 정도니까. 하물며 저런 늙은이의 느려 터진 움직임이야 장난이지."

전풍이 조금은 안쓰럽다는 얼굴로 말했다.

그의 말을 들은 것인지 아니면 더 이상 피할 곳을 찾지 못했기 때문인지 노인이 정수리에 내리꽂히는 검을 향해 철적을 치켜 올렸다.

"욱!"

철적을 통해 전해지는 엄청난 압력에 노인의 입에서 답답한 신음이 흘러나왔다.

일단 버텨내기는 했지만 그것도 잠시였다.

검은 여전히 아래로 향했고 철적을 치켜든 노인의 몸도 자신의 의지와는 상관없이 서서히 굽혀졌다.

무릎이 꿇려지고 그 무릎이 땅 속을 파고들기 시작했다.

노인을 구하기 위해 우왕좌왕하던 수하들은 진유검이 발출한 무혼지에 몇몇의 이마가 관통당해 쓰러지자 그 위력에 놀라 그대로 얼어붙었다.

모두들 마지막 남은 삼선의 최후를 떠올렸다.

여우희와 곽종은 물론이고 심지어 삼선의 수하들마저 그렇게 믿었다.

절체절명의 순간, 더 이상 자신이 살길이 없음을 확인한 노인이 비장의 한 수를 꺼내 들었다.

철적으로 힘겹게 검을 막고 있던 노인이 양손을 반대 방향으로 비틀었다.

나직한 마찰음과 함께 철적의 중앙부가 살짝 회전을 하며 철적 내부에 숨어 있던 마지막 암기가 모조리 발출되었다.

꽤나 매서운 기습이었으나 노인이 철적을 돌리는 것을 눈치챘을 때부터 이미 그런 상황을 의식하고 있던 진유검에게 암기는 별다른 위협이 될 수 없었다.

하지만 암기는 단순한 눈속임에 불과했다.

노인이 진짜로 의도한 것은 따로 있었다.

"끝장이다, 이놈!"

차갑게 외치는 노인의 입가에 회심의 미소가 걸렸다.

노인의 입가에 미소가 걸리는 것을 확인한 진유검의 신형이 튕기듯 물러났고 거의 동시에 노인의 손에 들린 철적이 굉음과 함께 폭발했다.

굉음도 굉음이지만 상당한 충격파가 주변을 강타했다.

산산조각 난 철적의 파편이 사방으로 흩어지며 걸리는 모든 것을 철저하게 박살 냈다.

삼선을 따르는 수하들은 물론이고 여우희와 곽종마저 갑작스레 날아온 파편에 부상을 당할 정도였다.

"령주님!"

여우희와 곽종이 다급히 진유검을 불렀다.

폭발 직전 몸을 날렸다고는 해도 폭발의 중심에서 누구보다 가까이 있었던 사람이 진유검이다.

폭발의 위력을 감안했을 때 분명 심각한 문제가 생겼으리라 여겼다.

한데 그들의 걱정과는 달리 진유검은 별다른 부상을 당한 것 같지 않았다.

폭발의 여파로 노인의 시신은 흔적도 없이 사라졌으나 손에 든 검을 몸의 중앙에 수직으로 세워 가장 중요한 급소를 보호하고 위기 상황에서 저절로 일어난 호신강기에 의해 철저하게 보호를 받은 진유검은 거의 피해가 없었다.

몇 개의 파편이 진유검의 전신을 휘감은 강력한 호신강기를 뚫어내기는 했어도 몸에 큰 부상을 안길 정도의 위력은 이미 사라진 상태였다.

삼선의 마지막 노인이 자신의 목숨을 걸고 꺼내 든 최후의 한 수는 결국 진유검의 옷을 조금 찢는 것에 그치고 말았다.

*   *   *

"지부장님! 지부장님!"

무황성에 올릴 보고서를 작성하던 무창지부장 융주(融株)는 지부에서 누구보다 아끼는 수하 만극의 다급한 음성에 인상을 찌푸렸다.

신경질적으로 붓을 던진 융주가 문을 박차고 들어서는 만극에게 불같이 호통을 쳤다.

"대체 무슨 일이기에 이런 소란이냐!"

평소에 엄하기로 유명한 융주의 호통에도 만극은 아랑곳

하지 않았다. 그제야 융주의 표정이 살짝 변했다.

세외사패의 침공이 임박한 지금 무림의 정세가 그야말로 안개 속을 치닫고 있는 상황.

다급한 만극의 얼굴에서 뭔가 사달이 났다는 것을 직감적으로 느낀 것이다.

"큰일 났습니다."

"큰일 난 것은 네 표정만으로도 알겠다. 혹, 세외사패가 준동한 것이냐?"

"그것이 아닙니다."

만극이 고개를 마구 저었다.

"그게 아니면 뭔데 이리 호들갑이냐?"

융주가 약간은 김이 빠진 음성으로 물었다.

"무창에 수많은 녹림도와 낭인들이 들이닥쳤습니다."

"녹림? 낭인들?"

융주의 눈살이 잔뜩 찌푸려졌다.

고작 산적 놈들과 떠돌이 낭인의 출현에 호들갑을 떠는 만극의 모습이 한심하기까지 했다.

단단히 혼을 내려는 찰나, 만극의 입에서 믿을 수 없는 말이 흘러나왔다.

"놈들이 의협진가를, 의협진가를 공격하고 있습니다."

융주의 얼굴이 순간적으로 굳었다.

"지금 뭐라 했느냐? 산적 놈들이 의협진가를 공격해?"

"그렇습니다."

"말이 되는 소리를 해라. 산적 따위가 어찌 의협진가를 공격한단 말이냐!"

융주가 불같이 화를 냈다.

의협진가의 명성은 정, 사, 마를 아우른다.

당금 무림에서 호의까지는 아니더라도 감히 적대시할 세력은 없다고 해도 과언은 아니었다.

물론 근자에 들어 무황성과 의협진가의 후계자 문제로 인해 다소 불미스런 일이 벌어지기는 했지만 새롭게 출현한 수호령주의 활약으로 인해 의협진가의 명성은 한층 더 높아진 상태였다.

그런 의협진가를 한낱 산적 떼가 공격한다?

상식적으로 결코 있을 수 없는 일이다.

"하지만 사실입니다. 현재까지 확인된 바로 녹림과 낭인들은 의협진가와 수호표국은 물론이고 그들과 밀월관계로 알려진 흑월방까지 공격을 하고 있다 합니다."

"흑월방까지? 미친!"

융주의 얼굴이 하얗게 질렸다.

그가 확인한 정보대로라면 흑월방의 뒤에는 의협진가가 아니라 복천회가 있었고, 어찌 된 일인지 의협진가와 복천

126 천산루

회는 상당히 우호적인 관계를 유지하고 있었다.

그런 상황에서 의협진가와 복천회가 동시에 공격을 당했다는 말을 듣자 융주의 뇌리엔 하나의 가정이 떠올랐다.

가정은 곧 확신이 되었다.

"설마 천마신교가 공격을 하는 것인가?"

융주가 겁에 질린 음성으로 중얼거렸다.

"천마신교가 아니라 녹림도와 낭인들입니다."

"멍청한 놈! 그놈들이 미치지 않고서야 단독으로 그런 짓을 저지를 수는 없지 않느냐? 틀림없이 놈들을 조종하는 배후가 있는 것이다."

"그, 그게 천마신교라는 겁니까?"

만극이 눈을 동그랗게 뜨고 물었다.

"나는 그렇게 생각한다. 천마신교에게 복천회는 그야말로 눈엣가시다. 무슨 수를 써서라도 제거를 해야만 하는 상대란 말이다. 그리고 너도 알다시피 복천회가 최근에 항주에 제대로 자리를 틀고 앉았지 않느냐?"

"그렇습니다."

"천마신교가 바보가 아닌 이상 놈들을 조사하다 보면 흑월방과 복천회의 관계가 밝혀질 수밖에 없다. 그리고 의협진가와의 기묘한 관계까지."

"아무리 그렇다고 의협진가를 칠 수 있는 것입니까? 복천회면 몰라도 의협진가를 공격한다는 것은 상상이 되지 않습니다. 무황성은 물론이고 전 무림이 가만있지 않을 것입니다."

융주가 땅이 꺼져라 한숨을 내쉬었다.

"그러니까 미친 짓이지. 그리고 유일하게 그런 미친 짓을 할 수 있는 곳이 바로 천마신교다. 게다가 그 시기가 너무 절묘해. 세외사패의 공격이 임박한 지금 무황성은 절대로 천마신교와 싸울 수 없다. 설마 의협진가가 천마신교에 무너진다고 해도 지금 당장은 아니야."

"무림의 상황이 아무리 급박하다고 하더라도 다른 곳도 아니고 의협진가입니다. 무황성이 침묵을 지키겠습니까?"

만극이 불신 가득한 얼굴로 되물었다.

"어쩔 수 없는 선택이다. 지금 무황성과 천마신교가 충돌을 하면 곧 밀려올 세외사패를 막을 가능성이 없다. 함께 힘을 합쳐도 승패를 알 수 없는 상대거늘 서로 전쟁을 치르고 어찌 싸움이 되겠느냐? 이는 곧 무림의 멸망을 의미하는 것이니 무황성은 결코 움직이지 못한다. 천마신교 놈들도 그것을 알기에 저토록 무모한 짓을 하는 것이야. 그래도 제 놈들이 직접 나서지 않고 산적 떼와 낭인들을 앞세우는 것을 보니 부끄러운 것은 아는 모양이다."

융주는 전혀 엉뚱한 쪽으로 결론을 내리고 말았다.

의협진가를 공격한 녹림의 배후에 천마신교가 있다고 확신한 그는 큰 적을 앞두고 치졸한 행동을 하는 천마신교에 대해 무한한 적개심을 드러냈다.

"우리는 어찌해야 하는 것입니까?"

"어찌하긴. 당연히 도와야지."

"그리되면 천마신교와……."

만극이 우려의 목소리를 내자 융주가 헛웃음을 토했다.

"결정하는 것은 우리가 아니라 성주님과 윗사람들이다. 우린 그저 우리의 위치에서 할 일을 하면 될 뿐이고 그 일이란 당연히 의협진가를 구하는 것이다. 문제는 이곳의 병력만으로 놈들을 감당할 수 있느냐는 건데."

의협진가에 대한 지원을 결정한 융주의 안색이 조금은 어두워졌다.

무황성 무창지부는 여타 지부에 비해 그 규모가 상당히 작았다.

지닌 전력만 따져도 다른 지부의 삼분지 일도 채 되지 않는 수준이었다.

이는 무창이란 도시가 중요하지 않아서 그런 것이 아니라 의협진가가 무창에 자리하고 있는 상황에서 굳이 무황성의 지부를 세우는 것은 모양새가 과히 좋지 않다는 분위기가 있었고, 그래도 어쩔 수 없이 세워야 한다면 그 규모

를 최소화하는 것이 좋겠다는 의견이 많았기에 그리 결정
된 것이었다.

"의협진가입니다, 지부장님. 제가 아는 의협진가는 산적
과 낭인 따위에게 결코 꺾이지 않습니다."

만극의 말에 잠시 걱정을 했던 융주의 얼굴이 붉어졌다.

"네 말이 맞다. 내가 쓸데없는 걱정을 했구나. 자, 가자.
가서 저 무도한 버러지들을 모조리 쓸어버리자꾸나. 지금
즉시 모두에게 내 명을 전해라."

"예, 지부장님."

힘차게 대답한 만극이 몸을 빙글 돌렸다.

바로 그 순간, 천천히 애검을 드는 융주의 눈에 전의를
불태우며 달려가던 만극의 머리가 허공으로 치솟는 것이
보였다.

떼구루루.

발밑에 구르는 수하의 눈동자와 마주친 융주의 몸이 그
대로 굳었다.

경직된 그의 목을 노리며 뭔가가 날아들었다.

융주가 본능적으로 몸을 움직였다.

창문을 뚫고 나간 융주는 지면에 발이 닿자 재빨리 앞으
로 한 바퀴를 구르며 자세를 바로 했다.

번개처럼 몸을 돌린 융주가 검을 빼 들며 소리쳤다.

"웬 놈이······."

말은 이어지지 못했다.

손 모양과 똑같이 생긴 묵빛 수갑(手甲)을 착용한 손이 그의 가슴을 꿰뚫어버린 것이다.

융주의 가슴을 뚫고 심장을 움켜쥔 괴인이 융주의 몸을 허공으로 치켜들었다.

"끄으으으!"

가슴이 꿰뚫린 채로 허공에 뜬 융주는 고통에 몸부림치며 지면에서 떨어진 양발을 마구 흔들었다.

"그렇게 움직이면 더 아플 텐데. 나야 상관은 없는 일이긴 하지만 말이다."

씨익 웃는 사내의 얼굴은 급격히 의식이 흐려지는 융주에겐 악귀의 형상으로 각인되었다.

잠시 후, 융주의 몸부림이 잦아들고 그의 몸이 급격히 쪼그라들기 시작하더니 순식간에 목내이(木乃伊:미라)처럼 말라비틀어져 버렸다.

"지부장이라기에 제법 실력이 있는 줄 알았건만 형편없는 놈이었군."

수갑의 주인, 공손설악(公孫雪岳)이 목내이로 변해 버린 주융의 시신을 아무렇게나 집어던졌다.

"그래도 처음 공격은 피했잖소. 그만해도 대단한 거지."

어깨에 검을 툭 걸친 섭종(葉淙)이 그다지 마음에 들지 않는다는 말투로 말했다.

"그거야 장난처럼 한 공격이니까 그런 거고. 애당초 일초지적도 안 돼."

"어련하시겠소."

가볍게 야유를 보낸 섭종이 주변 건물을 쓰윽 둘러보며 말했다.

"한데 이래도 되는 건지 모르겠소."

"뭐가?"

"노릴 거면 의협진가만 노리면 되는 것이지 굳이 무황성까지 건드릴 필요가 있느냔 말이오."

"그거야 내가 알 바 아니고 나야 명만 따를 뿐이지. 사실별 볼 일 없는 놈들이긴 하지만 괜히 끼어들면 귀찮아지잖아. 인근에 지원을 요청할 수도 있는 거고. 결과가 변할 것은 아니나 어쨌든 번거로워지기는 하겠지. 애당초 우리의 잘나신 후계자께서 수호령준가 뭔가 하는 놈에게 사로잡히는 순간부터 기밀유지는 끝난 거야. 듣자니 우리의 정체가 확실하게 드러난 모양이더라."

이해했다는 듯 고개를 끄덕이던 섭종은 공손설악이 손에 찬 수갑을 부드럽게 쓰다듬는 것을 보고는 짜증을 냈다.

"그 짓은 언제까지 할 거요? 아무리 적이지만 최소한의 예는 갖춰야 할 것 아니오?"

"예의 같은 소리하고 앉아 있네. 적은 어차피 적일 뿐이다. 적에게 차릴 예의 따위는 내게 없어. 그리고 알잖아. 내가 원하는 게 아니라 이 녀석이 원하는 거라고."

융주의 심장을 꿰뚫었음에도 피 한 방울 묻어 있지 않은 묵빛 수갑을 연인 대하듯 부드럽게 어루만지는 공손설악의 눈은 반짝반짝 빛나다 못해 몽롱하게 변해 있었다.

"정말 천 명을 채울 셈이오? 이러다가 형님까지 괴물로 변하는 건 아닌지 모르겠소."

무림 십대마병으로 알려진 취혼마수(就魂魔手).

취혼마수를 착용하고 천인혈(千人血)을 취하면 그 주인은 천하제일이 된다는 전설이 있다.

전설은 단 한 번도 이뤄지지 않았는데 수백 년 동안 취혼마수를 소유한 주인은 많았지만 그 누구도 천인혈을 취하지 못했다.

오히려 대다수가 광인이 되어 스스로 목숨을 끊었다.

섭종은 공손설악마저 취혼마수의 기운을 이기지 못하고 광인이 될까 걱정스러웠다.

그의 걱정에는 아랑곳없이 공손설악은 자신만만했다.

"평온한 무림에서 천인혈을 취하는 것은 사실상 불가능하다. 아무리 조심을 한다고 하더라도 발각될 수밖에 없고 결국 무림공적으로 낙인 찍혀 추격을 받는 신세로 전락하겠지. 하지만 난세는 아니야. 이제 곧 수천, 수만이 죽어나가는 난세천하가 열린다. 아니, 세외사패가 움직였다고 하니 이미 열린 셈인가. 크크크! 궁금하지 않냐? 천인혈을 취한 이 녀석이 어떻게 변하게 될지 말이다. 지금이야 백부님의 위엄이 하늘을 찌르지만 만약 전설이 이루어진다면……."

말을 아끼는 공손설악의 눈빛이 야망으로 번들거렸다.

"쓸데없는 소리는 하지 마쇼. 듣는 귀가 많소."

섭종이 무황성 무창지부를 은밀하고 완벽하게 잠재우고 나타난 수하들을 힐끗거리며 말했다.

"상관없다. 어차피 너처럼 저 녀석들 또한 나와 평생을 함께할 녀석들이다. 네 녀석은 밑에 두고 부리는 수하들도 믿지 못하는 거냐?"

"누가 믿지 못한다고 했소? 말이 그렇다는 거지."

무안했는지 섭종이 샐쭉한 표정을 지으며 고개를 돌렸다.

"시끄럽고. 자, 처리는 끝난 것이겠지?"

공손설악의 말에 시립하고 있던 사내들이 일제히 허리를 꺾었다.

"예, 단주님."

"살아남은 놈은?"

"없습니다."

"우리 쪽 피해는?"

"전무합니다."

수하들의 늠름하고 자신만만한 대답에 공손설악이 흡족한 표정을 지었다.

"좋아. 다시 이동한다. 부단주."

공손설악이 섭종을 불렀다.

"예."

어딘지 모르게 불만스러운 음성이다.

피식 웃은 공손설악이 힘차게 걸음을 내딛었다.

"의협진가로 간다."

*　　　*　　　*

곽종이 진유검의 팔을 잡았다.

"여기는 이제 우리가 맡겠습니다. 어서 가십시오."

진유검이 물끄러미 바라보자 곽종이 약간은 서글픈 미소를 지으며 말했다.

"녀석을 잘 보내줘야지요."

진유검이 시선이 곽종이 수습한 유상의 머리로 향했다.

"우리의 걸음으론 전풍과 령주님을 따라잡지 못해요. 한시가 급한 상황에서 늦장을 부리를 수는 없잖아요. 천강도가 코앞이니 우선 유 아우의 장례를 치르고 어르신들께 당금 무림의 상황을 정확히 알려드리는 편이 나을 거예요."

여우희의 말에 전풍이 슬며시 끼어들었다.

"그건 누님의 말이 맞습니다. 주군이라면 모를까 누님과 곽 형님은 따라오지 못합니다."

"그렇게 하지. 한데 무창까지 거리는 얼마나 되지?"

"장강을 끼고 아래쪽으로 빙 돌아서 그렇지 동쪽으로 일직선으로 내달리면 그렇게 먼 거리는 아닙니다. 쉬지 않고 내달린다면 내일 오후쯤이면 도착할 수 있을 겁니다. 물론 전풍이나 령주님의 경공술을 감안해서 드리는 말씀입니다. 우리같이 평범(?)한 사람은 어림도 없지요."

곽종의 설명에 고개를 끄덕인 진유검이 자신을 구해줄 것이라 믿어 의심치 않던 삼선의 죽음에 얼이 빠져 앉아 있는 공손근에게 걸어갔다.

이미 한쪽 눈과 팔을 잃은 공손근은 진유검이 자신에게 다가오는 것을 보곤 두려움에 몸을 떨었다.

진유검이 공손근의 몸 몇 곳을 점혈했다.

그리곤 모습을 숨긴 채 싸움을 지켜보고 있던 신천옹의 요원들을 불렀다.

"좀 봅시다."

진유검의 말이 끝나기가 무섭게 호리호리한 체격의 사내가 수하 둘을 데리고 득달같이 달려왔다.

"이자를 무황성으로 압송토록 하시오. 점혈을 해두었으니 큰 무리는 없을 거요."

"알겠습니다."

짧게 대답한 사내가 수하들에게 신호를 보내 공손근을 인수받도록 했다.

"본가에 무슨 일이 일어났는지 들었소?"

"본의 아니게 엿듣게 되었습니다."

"무창에 무황성의 지부가 있다고 알고 있소."

"예, 무창지부가 있습니다."

"의협진가를 도와달라고 청하고 싶소만."

"이미 전서구를 띄웠습니다. 이제 곧 무황성에 도착할 것입니다."

"고맙소."

진유검은 재빠른 판단을 내려준 사내에게 진심으로 감사를 표했다.

"그럼 물러나겠습니다."

진유검에게 예를 표한 신천옹의 요원들이 공손근을 데리고 움직이자 삼선의 수하들이 앞을 가로막았다.

신천옹의 요원들은 굳이 움직이려 하지 않았다.

싸워봤자 상대도 되지 않을 것이고 어차피 그들을 상대할 사람은 따로 있었다.

지금은 그저 잠시 발걸음을 멈추고 기다리면 그만이었다.

"어서 가십시오. 천강도에서의 일이 끝나면 저희가 령주님을 찾아가겠습니다."

곽종의 채근에 그와 여우희에게 가볍게 고개를 끄덕인 진유검이 몸을 날렸다.

순식간에 멀어지는 진유검의 신형을 보면서도 전풍은 서두는 기색이 없었다.

"몸들 조심하쇼. 저놈들이야 그렇다 쳐도 루외루인가 뭔가 하는 놈들은 만만치가 않을 것 같소. 괜히 무리해서 맞서다가……."

전풍은 뒷말을 잇지 못하고 유상의 머리가 놓인 곳을 힐끗 바라보며 신경질적으로 땅을 걸어찼다.

"젠장! 나도 갑니다. 무사히 다시 봅시다."

몸을 휙 돌린 전풍이 진유검을 따라 성큼성큼 발걸음을 내딛었다.

열심히 발걸음을 놀려도 백 보까지는 확실히 느렸다.

그 이후, 전풍은 모두의 시야에서 순식간에 사라졌다.

*　　　*　　　*

"꺼끄끄끄끄!"

사자의 갈귀처럼 머리카락을 길게 풀어헤친 사내가 고통스런 신음을 내뱉으며 천천히 무너져 내렸다.

오십 남짓 되는 낭인들을 이끌고 흑월방을 공격했던 우두머리 낭인의 양팔을 간단히 끊어버린 섬전검 마옥이 오만한 자세로 무너지는 적을 지켜보았다.

쿵!

무너져 내리던 우두머리의 신형이 앞으로 고꾸라지고 그것으로 흑월방을 공격했던 낭인들 중 숨을 쉬고 있는 사람은 사라졌다.

"끝났느냐?

마옥이 피 묻은 검을 쓰러진 적의 몸에 쓰윽 문지르며 물었다.

"예, 침입한 자들은 모조리 주살했습니다."

삼안마도 이혼과 함께 움직인 감웅을 대신하여 흑월방을 이끌고 있던 부방주 조을산이 볼을 타고 흐르는 피를 닦아내며 대답했다.

"다친 게냐?"

"살짝 스쳤습니다."

낭인의 칼에 부상을 당한 것이 창피했는지 조을산의 낯빛이 붉어졌다.

"쯧쯧, 똑바로 정신을 차리지 못하면 눈먼 칼에도 당하는 법이다."

"명심하겠습니다."

"아무튼 이곳은 대충 정리가 되었으니 노부는 소존께 가봐야겠다. 날파리들만 상대를 했더니 영 개운치가 않아."

흑월방을 공격한 낭인 오십 중 무려 서른 명을 홀로 도륙했으면서도 마옥은 전혀 만족한 표정이 아니었다.

대부분이 일초식도 막아내지 못했고 가장 오랫동안 버틴 우두머리도 고작 십초지적에 불과했다.

생과 사의 갈림길에 섰을 때의 짜릿함, 맨발로 검에 오른 듯한 팽팽한 긴장감을 원했던 마옥으로선 참으로 실망스런 일이 아닐 수 없었다.

"제가 모시겠습니다."

"됐다. 혹여 다른 공격이 있을지 모르니 너는 이곳을 지키고 있고 대신 길잡이 삼을 녀석 하나만 불러오너라."

"바로 준비하겠습니다."

몸을 돌린 조을산이 수하들을 향해 손짓을 했다. 그러자 앳된 얼굴의 청년이 서둘러 달려왔다.

"지금 즉시 장로님을 의협진가로 모시……."

청년에게 명을 내리던 조을산은 갑자기 좌측 방향으로 고개를 돌린 마옥의 분위기 심상치 않음을 확인하곤 얼른 입을 다물었다.

마옥이 보고 있는 곳으로 고개를 돌려보았다.

아무것도 보이지도, 느껴지지도 않았다.

"무슨 일이십니까?"

조을산이 조심스레 물었다.

"전열을 정비해라. 적이다."

마옥이 여전히 시선을 고정시킨 채 말했다.

깜짝 놀란 조을산이 황급히 수하들에게 달려갈 때 마옥이 착 가라앉은 음성으로 소리쳤다.

"이제 그만 기어 나와라. 네놈들이 거기 숨어 있는 것은 이미 파악을 했다."

마옥의 외침이 끝난 것과 동시에 일단의 무리가 맞은편 전각 뒤에서 걸어 나왔다.

가슴 어귀에 황금빛 용이 수놓아진 무복을 단정히 차려 입은 사내를 필두로 모두 열두 명이 모습을 드러냈다.

"말은 바로 합시다. 숨어 있던 것은 아니오. 잠시 싸움을 지켜본 것이지."

사내가 능글맞은 미소를 흘리며 다가섰다.

"그런데 솔직히 놀랐소. 흑월방이 복천회와 연관이 있다는 것은 알았지만 설마하니 그 명성도 자자한 섬전검께서 지키고 계실 줄은 생각도 못했소이다."

"말장난은 그만하고 이제 그만 정체를 밝혀라. 누구냐, 네놈들은?"

"공손망(公孫罔)이라 하외다."

마옥의 눈살이 절로 찌푸려졌다.

공손망의 전신에서 풍기는 기운을 가늠해 보건데 결코 자신의 아래가 아니었다.

오랫동안 무영도에 칩거했다고는 해도 어느 정도 명성을 쌓고 있는 고수들의 이름은 계속해서 접해 온 터.

그만한 실력이라면 무명(無名)일 수가 없는 것이다.

그런데도 알려지지 않았다는 것은 지금껏 자신의 실력을 완벽하게 감춰왔다는 것을 의미했다.

"네놈의 이름이나 듣자고 물은 것이 아니다."

"아! 그럼 진작에 그렇다고 말씀하지 그러셨소. 섬전검께선 우리가 누구인지, 어떤 세력에 속한 것인지가 궁금했던 것이구려."

"……."

"루외루라고 들어는 보셨는지 모르겠소."

공손망은 거리낌없이 자신의 출신을 밝혔다.

"루… 외루?"

마옥이 고개를 갸웃거리자 공손망이 실망스럽다는 얼굴로 말했다.

"무림삼비라면 그래도 나름 전통을 지닌 곳인데 몰라보신다니 조금은 섭섭하외다."

무림삼비라는 말에 마옥은 그제야 광천자의 예언을 떠올렸다.

"천외천, 산외산, 루외루! 네놈이 바로 그 루외루에서 온 놈이란 말이냐?"

"하하하! 이제야 기억이 나신 모양이오. 맞소이다. 내가 바로 그 전설의 루외루에서 온 사람이오."

"네놈이 감히!"

마옥의 눈에서 짙은 살기가 뿜어져 나왔다.

그는 공손망이 무림에 떠도는 허황된 전설로 자신을 모욕한다고 생각했다.

그런 마옥의 반응에 공손망이 혀를 찼다.

"쯧쯧, 믿지 못하시는구려. 뭐, 본인이 못 믿겠다면 할 수 없는 것이지. 아무튼 내 말이 진실이라는 건 저승 가서 염라대왕한테 확인을 해보면 될 거요. 어차피 루외루란 이름을 듣는 순간, 노선배의 죽음은 확정된 것이었으니까."

"네놈이 감히 누굴 우롱하려 드는 것이냐!"

마옥은 더 이상 참지 못하고 검을 움직였다.

섬전검이라는 별호가 알려주듯 마옥의 검은 무림에서도 손에 꼽힐 정도로 빨랐다.

어깨를 들썩였다고 생각되는 순간, 검봉(劍鋒)이 공손망의 미간에 도달해 있었다.

생각보다 너무 쉽게 싸움이 끝났다고, 적의 실력을 간파하는 눈이 흐려졌다고 자책하던 찰나 공손망의 미간을 향해 거침없이 움직이던 검이 갑자기 움직이지 않았다.

그 이유를 확인한 마옥의 눈이 경악으로 물들었다.

무려 구성의 공력이 담긴 자신의 검을 공손망이 고작 손가락 두 개로 잡아버린 것이다.

그 즉시 검을 뒤틀어 회수를 했으니 망정이지 자칫했으면 검을 놓치는 망신까지 당할 뻔했다.

"역시 대단하외다."

공손망이 검을 빼며 물러나는 마옥을 향해 엄지손가락을 치켜세웠다.

"그런데 빠르긴 해도 힘은 조금 부족한 것 같소이다. 자, 다시 한 번 와보시구려."

공손망이 공격을 요구하며 검을 까딱거렸다.

"어린놈이 실로 광오하구나!"

마옥이 다시금 검을 뺐었다.

이미 상대를 경시하는 마음은 천 리 밖으로 달아낸 상태다.

전력을 다한 검은 가히 섬전과 같아서 지켜보는 이들의 탄성을 자아내게 했다.

물론 그 탄성의 대부분은 조을산 이하, 흑월방의 수하들이었고 공손망을 따르는 수하들은 일체의 반응이 없었다.

'버릇없는 애송이. 자만은 곧 죽음이다.'

공손망이 피할 모든 방향을 봉쇄한 마옥은 자신의 승리를 확신했다.

남은 것은 자신을 모욕한 대가를 얼마나 잔인하게 돌려주느냐는 것.

'어리석은 놈. 감히 섬전검 어르신을 화나게 하다니.'

조을산은 온몸이 난도질당하여 쓰러질 공손망의 최후를 떠올리며 혀를 찼다.

그래도 하룻강아지 범 무서운 줄 모른다고 천하의 섬전검을 희롱한 공손망의 간담만큼은 인정할 수밖에 없었다.

바로 그때였다.

마옥의 검이 코앞에 짓쳐 들도록 반응을 보이지 않던 공손망의 입술이 가볍게 달싹였다.

"느… 려."

다른 사람은 몰라도 마옥만큼은 공손망의 중얼거림을 들

었다.

더구나 깊이를 알 수 없는 공손망의 눈동자를 접한 마옥
은 뭔가 잘못되었다는 것을 직감했다.

결코 죽음을 앞둔 자가 지닐 수 있는 눈빛이 아니었다.

마치 넓게 그물을 치고 먹잇감이 걸려들기를 기다리는
포식자의 눈빛과 묘하게 닮아 있었다.

오싹함이 등줄기를 훑고 지나갔다.

마옥은 그 즉시 검을 거두고 상대방의 역공에 대비했다.

하지만 이미 늦었다.

환상처럼 다가온 검영이 마옥의 가슴을 가르고 지나갔
다.

불에 덴 듯한 화끈한 느낌이 가슴을 타고 전신으로 퍼져
나갔다.

뒷걸음질 치는 마옥의 신형이 휘청거렸다.

"으으으!"

마옥의 입에서 나직한 신음이 흘러나왔다.

고통 때문이 아니다.

검을 잡는 순간부터 늘 염두에 둔 것이기에 죽음에 대한
두려움도 아니었다.

가슴이 갈라진 고통, 죽음에 대한 두려움보다 상대의 검
을 전혀 보지 못했다는 것이 그를 참담하게 만들었다.

오직 빠름만을 추구한 평생의 노력이 한순간에 무너진 것이다. 그것도 이제 갓 서른 남짓한 애송이에게.

"너무 억울해하지는 마시구려. 느리긴 했어도 그래도 제법 봐줄 만은 했으니까."

공손망의 위로는 위로가 아니라 조롱이었으나 마옥은 입이 열 개라도 할 말이 없었다.

쾌검을 사용하는 자가 다른 것도 아니고 상대의 쾌검에 당했으니 무슨 말을 하겠는가.

실력에서 완패를 한 이상 상대의 조롱도 당연히 감수를 해야 했다.

"큭! 대단한 실력이었다, 애송이."

마옥은 자신이 이루지 못한 경지에 도달한 공손망의 실력에 진심으로 찬사를 보냈다.

"칭찬은 마다하는 성격이 아니라오."

공손망이 짐짓 예를 갖추는 시늉을 했다.

"그렇지만 이게 끝이라고 생각은 하지 마라. 노부는 실력이 부족해 네놈에게 당하고 말았지만 이 복수는 소존께서 반드시 해주실 테니까."

"소… 존?"

고개를 갸웃거리던 공손망의 눈동자가 확 커졌다.

"복천회의 수장이 이곳에 있다는 말이군."

공손망이 뒤에 대기하던 수하들에게 다급히 명했다.

"아무래도 대어가 우리를 기다리는 모양이다. 설악 형님이 채가기 전에 내가 낚아야겠다. 빨리 정리해라."

명이 떨어지기가 무섭게 일방적인 학살이 시작되었다.

방금 전, 나름 치열하게 싸웠던 낭인들과는 차원이 다른 실력 앞에 그 누구도 대항을 하지 못했다.

'너희의 복수 또한 소존께서 해주실 것이다.'

수하들의 처참한 비명 소리를 듣는 마옥의 눈동자가 안타깝게 흔들렸다.

"소존이라는 자는 어디에 있소? 의협진가에 있소?"

수하들의 무참한 죽음 앞에서 피를 토하고픈 마옥의 심정을 아는지 모르는지 공손망이 들뜬 음성으로 물었다.

"어리석은 놈. 죽음을 재촉하는구나. 단언컨대 네놈은 그분의 털… 끝 하나 건드리지 못할 것… 이다."

마옥의 목소리가 급격히 작아지고 흐릿해졌다.

"당… 금 천하에 극마지경(極魔之竟)에 이른 그분과 겨룰 수 있는 사람은…….."

누구를 떠올린 것일까?

마옥의 눈동자가 급격하게 커졌다.

"그래, 어쩌… 면 소존이 아니라 그를 만날 수도. 크크크! 기대하거라. 그… 를 만… 난다면 빠… 른 게 빠른 것이 아님을 알게 될 것이야."

뜻 모를 말과 함께 마옥의 숨이 끊어졌다.

"빠른 게 빠른 게 아니다? 소존이란 자도 쾌검을 익힌 건가? 젠장! 뭔 소린지 모르겠군."

마옥의 말을 읊조리는 공손망의 얼굴이 확 구겨졌다.

이유를 알 수는 없었지만 이상하게 기분이 나빴다.

"정리가 끝났으면 바로 의협진가로 간다."

수하들을 향해 소리치는 공손망의 목소리엔 자신도 모르는 짜증이 묻어 있었다.

30장

피에 잠기다

　녹림과 낭인들의 갑작스런 기습을 인해 시산혈해(屍山血海)로 변해 버린 의협진가.

　근 삼백이 넘는, 그야말로 압도적인 병력의 차이에도 불구하고 의협진가는 쉽게 무너지지 않았다.

　시간이 흐르면서 용맹하게 싸웠던 제자들이 하나씩 쓰러져 가고는 있었지만 곽정산을 필두로 노고수들의 활약은 의협진가를 든든히 지켜내는 버팀목이 되었다.

　흑월방에 머물다가 녹림도와 낭인들이 의협진가를 공격했다는 말을 들은 독고무가 격분하여 달려온 시각이 바로 그때쯤이었다.

"저곳입니다."

독고무의 안내를 맡은 수하가 북쪽에 위치한 한 장원을 가리키며 말했다.

독고무는 굳이 수하의 말이 아니더라도 한눈에 의협진가를 알아볼 수 있었다.

세가 주변을 헤아릴 수 없이 많은 산적과 낭인들이 에워싸고 있었기 때문이었다.

"곧 동종유가 올 것이다. 너는 그때 합류해라."

재빨리 명을 내린 독고무는 수하의 대답을 듣지도 않고 몸을 날렸다.

허공으로 도약한 독고무의 입에서 천지를 뒤흔드는 사자후(獅子吼)가 터져 나왔다.

수백 명이 엉겨 붙으며 내지르는 고함과 욕설, 비명, 병장기 소리가 넘쳐나는 의협진가였지만 독고무가 터뜨린 사자후는 그 모든 소리를 압도해 버렸다.

세가 밖에서 들려온 사자후에 가장 예민하게 반응한 이들은 당연히 힘겨운 싸움을 벌이고 있는 의협진가의 사람들이었다.

"이게 무슨 소린가?"

진산우의 물음에 허극노가 고개를 저었다.

"모르겠네. 하지만 대단하군. 저 정도의 사자후를 터뜨리는 고수라면……."

"적이면 문제가 심각해지겠군."

허극노가 무거운 안색으로 고개를 끄덕였다.

"아니길 바라야지."

말은 그렇게 하면서도 자신의 바람이 이뤄질 가능성이 없다는 것은 그 스스로가 잘 알고 있었다.

현재 무창 인근에 방금 같은 사자후를 터뜨릴 수 있는 실력자는 존재하지 않았기 때문이었다.

당황하기는 맹렬히 공격을 퍼붓고는 있어도 쉽게 승기를 잡지 못하고 있던 녹림과 낭인들 역시 마찬가지였다.

후방에서 난데없이 들려온 사자후에 거의 모든 이가 움직임을 멈춘 상태였다.

전장을 뒤흔들던 사자후가 끝난 직후, 수백의 눈동자가 집중된 곳에 독고무가 모습을 드러냈다.

발목까지 내려오는 전포를 걸치고 천천히 걸음을 옮기는 그의 몸에선 아무런 기운도 전해지지 않았다.

너무도 평범하여 오히려 비범함이 느껴지는 듯했다.

독고무가 걸음을 멈췄다. 그리곤 자신 앞을 막고 있는 산적들을 가만히 응시했다.

아무런 말도, 위협적인 행동도 하지 않았음에도 놀라운

일이 벌어졌다.

그와 시선을 접한 산적들이 엉거주춤 물러나기 시작하더니 이내 전장으로 향하는 길 하나가 만들어진 것이다.

독고무는 조금도 거리낌없이 걸음을 옮겼다.

너무도 부자연스런 일이었건만 아무도 그것을 의식하지 못했다.

미몽(迷夢)에 사로잡힌 듯 멍하니 서 있던 그들을 깨운 것은 정문 안쪽, 여전히 치열한 싸움이 벌어지고 있는 곳에서 터져 나온 한줄기 비명이었다.

"어! 뭐야?"

"마, 막아랏!"

"뭣들 하는 거야? 저놈 막아!"

곳곳에서 다급한 외침이 터져 나오고 전장을 가르던 길도 순식간에 사라졌다.

천마후(天魔吼)로써 상대가 의식하지 못하는 사이 그들의 정신을 뒤흔들고 천마안(天魔眼)으로 흔들린 심령을 제압했지만 그 많은 이를 제압하는 것 자체가 무리였다.

그래도 아무런 충돌도 없이 정문까지 도착한 것만으로도 효과는 충분했다.

"여기까지군."

무덤덤히 읊조린 독고무가 칼을 빼들었다.

초대 천마로부터 그에게까지 이어져 내려온 군림도(君臨刀)의 외관은 그다지 특별할 것이 없었지만 그와 무척이나 잘 어울렸다.

우우우웅!

첫 실전을 앞둔 주인을 격려하기 위한 군림도의 의지인지 의도치 않은 도명이 전장에 가득 울려 퍼졌다.

독고무는 군림도의 의지와 자신의 혼이 하나가 되는 듯한 느낌을 받으며 칼을 움직였다.

고금무적(古今無敵)이라는 칭호를 얻은 천마의 무공이 독고무의 손에서 펼쳐지고 단 일격에 반경 삼 장 안에 모든 생명체가 모조리 숨이 끊어지는 순간, 싸움은 이미 끝난 것이나 다름없었다.

"대… 단하군. 대체 저자는 누구지?"

무황성 무창지부를 단숨에 쓸어버리고 곧바로 의협진가로 움직인 후, 조용히 싸움을 지켜보던 공손설악이 경악에 찬 음성으로 물었다.

"글쎄, 잘 모르겠소. 의협진가의 사람이 아닌 것은 분명하오만."

공손설악 못지않게 섭종의 얼굴도 딱딱히 굳어 있었다.

"대충 휘두르는 것 같은데 무시무시하네. 도에서 뿜어지는 패도적인 기운이 여기까지 느껴지는 것 같다."

공손설악은 취혼마수를 착용한 손을 자신도 모르게 움찔거렸다.

"그러게요. 정말 강한 사내 같소."

섭종은 독고무에게서 눈을 떼지 못했다.

공손설악은 그 모습에 왠지 기분이 상했다.

"누가 더 강한 것 같은데?"

"예?"

"누가 더 강한 것 같냐고?"

"그걸 질문이라고 하는 거요? 당연히 형님이 강하⋯⋯."

무심코 대답하려던 섭종이 갑자기 말끝을 흐렸다.

공손설악은 강했다.

취혼마수를 착용해서가 아니라 순수한 무공 자체만 놓고 보더라도 루외루에서도 그보다 더 강한 사람을 찾기가 쉽지 않았다.

루외루의 무인들의 수준 자체가 여타 문파와는 차원이 다르다는 것을 감안했을 때 천하로 그 범위를 넓혀 봐도 공손설악보다 강하다고 할 수 있는 사람이 딱히 떠오르지 않았다.

현 천하제일인이라는 무황 정도가 그나마 가능성이 있을까.

그런데 이상하게 쉽게 대답할 수가 없었다.

차가운 이성은 당연히 공손설악의 우위를 말하고 있지만 본능이 그것을 거부하는 것이다.

누구보다 예리한 안목을 지닌 섭종이 쉽게 대답을 하지 못하자 공손설악이 기가 막히다는 표정을 지었다.

"너무한 거 아냐?"

"미안하오. 형님도 강하지만 저자의 강함이 도저히 추측되지 않아서 뭐라 말을 하기가 그렇소."

"됐다. 아무리 사실이 그렇다고 해도 그렇게까지 말할 건 없잖아."

툴툴거리기는 해도 공손설악은 그다지 기분 나빠하지 않았다.

오히려 정체를 알 수 없고 실력 또한 가늠키 힘든 상대의 출현에 호승심이 활화산처럼 치솟는 중이었다.

"저런 괴물 같은 자가 나타났으니 저런 떨거지들로는 승부가 되지 않겠군. 야심만만한 당숙이 이 상황을 두고 어떤 얼굴을 하고 있을지 무척이나 보고 싶네. 크크크!"

공손설악은 암중으로 녹림도와 낭인들을 부리고 있는 공손초(公孫超)의 얼굴을 떠올리며 키득거렸다.

"물러나는 것을 보니 일단 후퇴를 명한 것 같소."

섭종이 퇴각하는 산적들을 가리키며 말했다.

"의외네. 당숙의 성격상 그대로 밀어붙일 것이라 생각했는데. 아무튼 우리도 가자. 우리에게 준 임무를 무사히 마쳤다는 보고는 해야 하니까."

"알았… 소."

섭종이 의외라는 얼굴로 고개를 끄덕이자 공손설악이 퉁명스레 물었다.

"왜 그런 눈으로 봐?"

"난 형님이 당장 난입할 것이라 생각했소."

"난입? 내가 왜?"

"저토록 강한 상대를 보고도 그냥 지나칠 형님이 아니잖소. 그 지랄 맞은 호승심 때문이라도 참지 못할 거라 생각했소."

"말하는 싸가지 하곤. 네 말대로 내가 아무리 지랄 맞은 호승심을 지니고 있다고 해도 내 나이가 서른다섯이다. 예전처럼 혼자 미쳐 날뛰던 철부지도 아니고 상황 파악도 못하는 바보가 아니란 말이다."

공손설악이 한껏 분위기를 잡으며 말을 했지만 물끄러미 그를 바라보던 섭종은 한 마디를 툭 내뱉을 뿐이었다.

"갑시다."

수백 명의 산적과 낭인들이 밀물처럼 몰려와 공격을 퍼

붓다 썰물처럼 물러났지만 의협진가의 무인들은 긴장을 풀수 없었다.

단 두 번의 공격으로 무려 오십에 가까운 산적들을 도륙한, 적들이 공격을 포기하고 물러나는 데 결정적인 역할을한 사내가 다가오고 있었기 때문이다.

의협진가의 무인들이 갑작스레 나타난 독고무를 아군인지 적군인지 정확히 판단을 하지 못하는 사이 군림도를 거둔 독고무가 진산우를 향해 다가섰다.

진산우를 찾는 것을 어렵지 않았다.

나이가 든 진유검을 상상해 봤을 때 그와 똑같은 노인이 있었기 때문이었다.

"멈추시오."

곽정산이 독고무의 앞을 가로막으며 소리쳤다.

의도는 파악이 되지 않았으나 독고무에게 도움을 받은 것은 분명한 사실이고 더구나 무기를 거둬서인지 생각보다 정중한 음성이었다.

"물러나게."

진산우가 곽정산의 어깨를 잡으며 말했다.

"하오나 태상가주님."

"적의가 없음이야. 더구나 큰 도움을 받지 않았나. 이런 태도는 예의가 아닐세."

진산우는 곽정산이 뭐라 대꾸할 여지를 주지 않고 한 걸음 앞으로 나섰다.

"노부에게 볼일이 있는 거 같은데, 아닌가?"

진산우가 부드러운 어조로 물었다.

그의 옆에선 허극노와 곽정산은 독고무의 태도 여하에 따라 곧바로 손을 쓸 수 있도록 만반의 준비를 갖춘 상태였다.

상황은 그들이 우려하는 것과는 전혀 다르게 흘러갔다.

"인사 받으십시오. 소손, 독고무라 합니다."

무릎을 꿇은 독고무가 진산우를 향해 큰 절을 올렸다.

갑작스런 상황에 놀란 이들의 눈이 휘둥그레졌다.

"허허! 무슨 영문인지 모르겠군."

스스로 손자를 자처하는 독고무를 보며 진산우는 너털웃음을 터뜨리고 말았다.

"자네같이 듬직한 손자를 두는 것도 나쁘지는 않네만 이 늙은이의 기억으론 우린 지금 이 자리에서 처음 만나는 사이 같은데 말이지."

"그렇습니다."

"한데 어째서……."

"친우의 조부님이시니 제게도 당연히 조부님이 되십니다."

"친우라면 혹, 유검이를 말하는가? 아! 그렇군. 이제야 알겠어."

질문을 하던 진산우는 스스로 답을 찾아냈다.

"자네가 유검이 말하던 그 친구로군. 무영도에서 함께 지냈다던. 그래, 이제 기억나. 독고무. 틀림없이 독고무라고 했었네."

"말씀 편히 하십시오. 손자에게 존대를 하는 할아버지는 없는 것으로 압니다."

"허허! 손자라."

진산우는 독고무의 청을 흔쾌히 받아들였다.

"알았다. 내 편히 너를 대하마."

"감사합니다."

독고무가 다시금 정중히 예를 표했다.

"무야."

"예, 할아버님."

"한데 이게 어찌 된 일이냐? 무영도에 있어야 할 네가 어째서 이곳에 나타난 것이야?"

"얼마 전에 무영도에서 나왔습니다."

"그랬구나. 한데 노부가 어째서 몰랐을까?"

"무림이 많이 소란스럽기 때문인 것 같습니다."

독고무가 웃으며 답했다.

복천회가 항주에 자리를 잡은 사건은 원래라며 무림에
꽤나 큰 반향을 일으킬 만했으나 진유검의 파격적인 행보
와 세외사패의 충격이 워낙 컸기에 생각보다 많이 알려지
지 않은 상태였다.

"그렇구나."

부드럽게 웃음을 지은 진산우고 가만히 독고무를 바라보
았다.

복천회와 의협진가가, 정확히 말하자면 진유검이 인연을
맺고 있는 것은 의협진가의 식솔들 대부분이 알고 있었다.

진유검이 흑월방을 접수하는 과정에서 복천회의 존재를
감추지 않았기 때문이었다.

세가의 원로, 장로들은 위기에 빠진 의협진가를 구해낸
진유검이 그간 어떤 희생을 감수했는지 뒤늦게 알게 된 후,
흑월방을 복천회에 넘기는 것에 대해서 크게 문제 삼지 않
았다.

흑월방이 지금이야 미미한 세력에 불과하나 엄밀히 말해
천마신교의 적통이나 다름없는 복천회의 자금줄이 될 것이
뻔했지만 딱히 이의를 제기하지도 않았다.

상황이 그렇다고 해도 의협진가와 복천회가 서로 우호적
인 관계라고 말할 수는 없었다.

무황성과 더불어 백도를 대표하는 의협진가와 천마의 적

통이라 할 수 복천회는 태생적으로 함께할 수 없는 곳이었다.

지금과 같은 위급한 상황이 아니라면 이토록 공개적으로 모습을 드러내지도 않았으리라.

"어쨌든 네 덕에 살았구나."

"아닙니다. 상황이 다소 급하다 여겨 허락도 받지 않고 피를 보았습니다. 용서해 주십시오."

독고무가 진산우와 주변에 있는 원로, 장로들에게 고개를 숙였다.

"허허! 아닐세. 큰 도움을 받고도 아직 고맙다는 말을 하지도 못했건만 도움을 준 사람이 사과라니. 고맙네. 태상가주님 말씀대로 덕분에 살았어."

허극노가 넉넉한 웃음을 흘리며 사의를 표했다.

천마신교의 후예에게 도움을 받았음에 내심 자존심이 상해 있던 이들 역시 독고무의 예의 바른 행동에 고마워하는 빛이 역력했다.

바로 그때, 정문 쪽에서 소란이 일었다.

의협진가의 식솔들이 수하들을 이끌고 도착한 동종유를 보고 적으로 오인한 것이다.

"상황이 심상치 않은 듯하여 제가 수하들을 불렀습니다."

독고무의 말을 들은 진산우가 곽정산에게 눈짓을 했고 곽정산은 곁에 있던 제자 곡인을 정문으로 보냈다.

"수호표국도 공격을 받은 것으로 알고 있습니다."

"뭐라? 수호표국이?"

진산우가 허극노에게 고개를 돌렸다.

허극노가 당황한 얼굴로 고개를 저었다.

"당장 수호표국으로 가거라."

진산우가 지친 호흡을 가다듬으며 독고무를 향해 호승심을 보이고 있던 무영에게 소리쳤다.

"괜찮을 겁니다. 그쪽에도 사람을 보내두었습니다."

"그랬더냐? 허허! 우리가 정말 큰 도움을 받는구나."

진산우가 안도의 한숨을 내쉬었다.

"한데 수호표국에 어느 정도의 적이 공격한 것인가? 적의 규모가 크다면 지원군을 보낸다고 해도……."

곽정산은 독고무가 지원을 보냈다는 말에도 불안감을 감추지 못했다.

"꽤 강한 사람을 보냈으니 너무 걱정하지 않으셔도 될 겁니다."

"강한 사람이라면……."

곽정산은 물론이고 주변에 있던 모두가 귀를 쫑긋 세우고 궁금해했다.

"삼안마도를 보냈습니다."

독고무의 말이 끝나기가 무섭게 곳곳에서 탄성이 터져 나왔다.

삼안마도 이혼의 명성은 천마신교에서도 유명했지만 천마신교와 적대시하고 있던 이들에게 더욱더 유명했다.

"그렇군. 삼안마도라면 큰 문제는 없겠어."

곽정산이 지난날 승부를 가리지 못했던 삼안마도와의 결투를 잠시 떠올리며 안심한 표정으로 고개를 끄덕였다.

"끄으으으!"

고통에 찬 비명 소리와 함께 불패를 자랑하던 삼안마도 이혼이 서서히 무너져 내렸다.

그의 애도 혼천(魂天)은 두 동강이 난 채로 주인과 운명을 같이했다.

"소, 소존. 끄, 끝까지 보… 필하지 못하는 이 늙은이를 용서… 보, 복수는 소존께서……."

이혼은 끝까지 말을 잇지 못하고 고개를 떨궜다.

"지독한 늙은이! 곱게 가면 어디 덧나나 하마터면 큰일 날 뻔했네."

삼십여 초의 공방 끝에 삼안마도를 무너뜨린 청년이 피가 줄줄 흘러내리는 목덜미를 꽉 누르며 중얼거렸다.

"지랄한다. 제 놈이 방심해서 당했으면 창피한 줄을 알아야지. 최선을 다해준 상대에게 그 무슨 막말이냐?"

도끼눈을 한 청년이 음성의 주인을 향해 고개를 홱 돌렸다.

"어떤 놈이……."

"그러다가 치겠다?"

흑월방에서 섬전검을 격살하고 의협진가로 향하던 공손망이 한심하다는 얼굴로 청년을 응시했다.

"죄, 죄송합니다, 형님."

"내가 형님으로 보이긴 보이냐?"

"제가 너무 흥분을 했습니다. 죄송합니다."

공손망에게 한 번 찍히며 꽤나 오랫동안 시달려야 한다는 것을 알기에 청년, 공손림(公孫琳)은 납작 엎드렸다.

"입에 발린 소리는 됐고. 이번에 정말 위험했던 거 아냐?"

"보셨… 습니까?"

"봤다. 처음은 아니고 중간부터. 성급한 승리감에 취해 하마터면 목이 잘릴 뻔한 것을 똑똑히 보았지."

공손망의 신랄한 지적에 공손림의 얼굴이 빨개졌다.

"당숙께서 아시면 볼 만하겠다."

"혀, 형님. 아버지껜 비밀로……."

"이게 비밀로 한다고 비밀이 되냐? 쯧쯧, 막내라고 너무 품에서만 키우셨어."

"너무 그러지 마십시오. 방심을 한 것도 있었지만 저 늙은이의 무공이 생각보다 많이 강했습니다."

발끈해서 언성을 높이는 것을 보면 연이은 비난에 공손림도 마음이 조금은 격해진 듯했다.

"호, 이젠 안 하던 말대꾸까지. 못 보던 사이에 많이 컸다 이거냐?"

"그건 아니고요."

공손망이 눈을 부라리자 공손림은 이내 꼬리를 내렸다.

"그래도 조금은 이해를 한다. 삼안마도 정도의 무공이라면 약한 것은 아니지. 과거엔 천마신교를 대표하는 고수이기도 했고."

"맞습니다. 저 늙은이가 수하들을 이끌고 이곳에 나타날 줄은 생각도 못했습니다. 제가 나서지 않았다면 저 병신들은 모조리 도륙을 당했을 겁니다."

공손림은 싸움이 끝나기도 전에 약탈에 열을 올리고 있는 산적과 낭인들을 욕했다.

"그런데 형님은 여기까지 무슨 일입니까? 형님의 임무는 흑월방을 지켜보는 것 아니었습니까?"

"흑월방을 공격하던 낭인 놈들이 모조리 뒈졌다. 해서 내가 깨끗하게 정리를 했지."

"아, 예."

공손림의 반응이 시원치 않자 공손망이 슬며시 섬전검이란 이름을 꺼내 들었다.

"혹, 이름은 들어봤냐, 섬전검이라고?"

"당연히 알지요. 저 늙은이와 같은 천마신교……."

공손림의 표정이 확 바뀌었다.

"그 늙은이는 어찌 됐습니까? 형님이 처리하신 겁니까?"

"그래, 같잖은 쾌검을 사용하기에 한 방에 염라대왕 앞으로 보내줬다.

"형님 앞에서 쾌검을요? 죽을 만했네요."

공손망의 검이 얼마나 빠른지 익히 알고 있는 공손림이 섬전검의 최후를 떠올리며 코웃음을 쳤다.

"섬전검, 섬전검 하기에 기대를 많이 했는데 솔직히 무척이나 실망을 했다. 그런데 그가 죽기 전에 재밌는 말을 하더라."

"재밌는 말이라니요?"

"소존이, 복천회의 회주가 이곳에 있다는 말."

"소존이라면 방금 저 늙은이도 지껄였습니다. 그놈이 복천회의 회주입니까?"

"그래, 따지고 보면 천마신교의 진짜 주인이지."

"그런데 어째서 이곳으로 온겁니까, 의협진가로 가지 않고?"

공손림이 의아한 얼굴로 물었다.

그가 아는 공손망의 성격이라면 이미 한참 전에 의협진가로 돌진을 해야 했다. 이렇듯 자신과 마주 얘기할 그가 아닌 것이다.

"가려고 했지. 그런데 당숙께서 갑자기 퇴각하라는 연락을 보내셨다. 아직 연락 못 받았냐?"

"예, 저희에겐 별다른 전갈이 없었습니다."

"곧 오겠지."

말은 그리하면서도 공손망의 안색은 썩 좋지 않았다.

당숙이 자꾸만 자신을 견제한다는 생각이 들었기 때문이다.

공손망의 말대로 공손림에게도 퇴각을 명하는 전령이 달려왔다.

"함께 가보자. 당숙께서 어째서 이런 결정적인 순간에 퇴각을 명령하셨는지 정말 궁금하다."

말 속에 가시가 있음을 느낀 공손림의 표정이 살짝 어두워졌다.

호부(虎父)에 견자(犬子)로 불리는 공손근이 죄를 짓고 외지로 쫓겨난 것도 부족해 음부곡에서 수호령주에게 사로잡히는 치욕까지 겪게 된 지금 차기 후계자를 놓고 벌써부터 내부 암투가 시작되는 것 같았다.

"왔냐?"

공손망과 공손림을 반긴 것은 공손초가 아니라 공손설악이었다.

"벌써 오셨군요."

공손림이 공손설악을 향해 정중히 예를 표할 때 공손망은 심란한 표정으로 앉아 있는 공손초를 향해 따져 물었다.

"어째서 퇴각한 겁니까, 당숙?"

"앉아라. 그렇잖아도 설명을 하려 했다."

공손망이 여전히 불만스런 표정으로 서 있자 공손초의 눈빛이 차가워졌다.

"퇴각한 이유를 물은 것이냐? 간단하다. 복천회의 회주가 의협진가에 모습을 드러냈기 때문이다."

"그게 무슨 상관입니까? 같이 쓸어버리면 그만인 것을요."

"상관이 있지. 그것도 아주 많이."

공손설악이 슬며시 끼어들었다.

"놀랍구려. 형님이 그 이유를 알고 있단 말이오?"

공손망이 비아냥거리듯 물었다.

"까불지 마라. 소존이란 놈과 붙지 못해서 안타까운 것은 나도 마찬가지니까. 솔직히 당숙께서 퇴각 명령을 내리시지 않았으면 놈의 목은 이미 내 손에 들어왔을 거다."

"뭐요?"

"몰랐냐? 네가 흑월방에서 노닥거리는 사이 난 이미 의협진가에 도착해서 싸움을 지켜보고 있었다. 그리고 소존이란 자의 출현과 상상외로 강했던 무위도 직접 확인했지. 그가 복천회의 회주라는 것은 퇴각하면서 알게 된 것이지만."

"훗, 형님에게 강해 보인다고 진짜로 강한 것은 아닌 것 같소만."

공손망이 도발을 했지만 공손설악은 신경도 쓰지 않았다.

"못 믿겠으면 저놈에게 물어봐라. 망할 놈이 소존이란 자가 나보다 강할지 모른다고 평했으니까."

공손설악이 섭종을 가리키며 투덜대자 공손망의 짙은 눈썹이 꿈틀댔다.

섭종은 거짓말을 하는 사내가 아니다. 그가 강하다고 하면 정말로 그런 것이다.

그 정도로 강한 상대를 꺾는다면 루외루 내에서 자신의 존재를 제대로 드러낼 수 있을 터였다.

"미리 말해두지만 그놈은 내 겁니다."

공손망이 선언하듯 말했다.

"글쎄, 나도 양보할 생각은 없는데."

공손망과 같은 생각을 하고 있던 공손설악도 양보할 생각은 전혀 없었다.

"누가 그자를 상대하는지 상관은 없지만 그걸 결정하는 것은 두 분 형님이 아니라 아버지일 텐데요."

공손림은 부친이 너무 무시를 당하고 있다는 생각에 발끈하여 끼어들었다.

공손설악과 공손망이 약속이라도 한듯 굳은 얼굴로 입을 다물었다.

공손림의 말대로 이번 의협진가의 일에 대한 전권은 누가 뭐래도 공손초에게 있었다.

그의 권위를 무시하는 것은 공손초에게 일을 맡긴 루주를 무시한다는 것과 다름없는 것이다.

"그래, 네 말이 맞다. 오랜만에 그럴듯한 상대를 만나게 되어 내가 너무 흥분했다. 죄송합니다, 당숙."

공손설악이 공손초에게 머리를 조아렸다.

"아니다. 강한 상대를 만나고자 하는 것은 무인으로서 가장 기본적인 욕망이지. 충분히 이해를 한다."

공손초의 입가에 미소가 걸리는 것을 본 공손망이 입술

을 지그시 깨물었다.

공손설악에게 선수를 빼앗긴 지금 공손초에게 머리를 숙인다고 해도 이미 자신의 기회는 없으리란 생각이 들었다.

"그런데 아직 정확한 대답을 해주지 않았습니다. 어째서 퇴각을 하신 겁니까?"

빈정이 상할 대로 상한 공손망의 음성은 더없이 차가웠다.

"말하지 않았느냐? 그가 복천회의 회주라 퇴각을 명한 것이라고."

"그것과 퇴각이 어떤 연관이 있는지를 모르겠어서 드리는 말입니다. 그가 강하다는 것은 인정을 하지만 우리가 감당하지 못할 정도는 결코 아닙니다."

공손설악이 한심하다는 듯 말했다.

"감당하지 못해서가 아니라 그가 복천회의 회주기 때문에 퇴각을 하신 거다. 정확히 말하자면 수호령주라는 놈과 밀접한 관계가 있기에."

"그러니까 그게……."

발끈하여 소리치려던 공손망은 아차 싶었다.

수호령주를 추적하는 과정에서 그와 복천회와의 관계를 밝혀낸 비상이 이들의 관계를 이용하여 차후 무황성과 수호령주, 나아가 의협진가와의 분란을 유도하기 위한 계획을 세우고 있다는 것을 비로소 떠올린 것이다.

"이제야 눈치챘구나. 맞다. 비상에선 수호령주와 복천회를 아우르는 모종의 계획을 세우고 있었다. 때문에 당숙께선 복천회주를 이곳에서 제거를 해야 하는 것인지 판단을 내리지 못하신 것이다."

"말이 안 되는 거 아니오? 음부곡의 일로 모든 계획이 완전히 꼬였고 복천회가 뒷배로 있는 흑월방까지 공격한 상황이오. 게다가 루주께선 수호령주에게도 손을 쓰셨소. 삼선께서 움직인 이상 놈은 이미 죽은 목숨이란 말이오."

공손망이 발악하듯 소리쳤다.

"삼선께서 뛰어나다는 것은 나도 알고 있지만 놈이 지금껏 보여준 실력은 경악할 만한 수준이었다. 놈이 살아날 가능성을 완전히 배제할 수는 없어. 그리고 흑월방을 공격한 것과 복천회주가 등장한 것은 그 의미가 분명 다르다. 또한 공격 시간을 잠시 늦춘다고 결과는 바뀌지 않는다. 우리의 허락 없이는 누구 하나 무창을 빠져나갈 수 없단 말이다."

공손초의 말에 공손망은 뭐라 반박을 하지 못했다.

"사실 가장 큰 문제는 어째서 복천회의 회주와 삼안마도, 섬전검 같은 자들이 무창에 나타날 때까지 전혀 눈치를 채지 못했느냐는 것이지. 이는 반드시 문제 제기를 해서 짚고 넘어가야 할 사안이다."

공손초는 복천회주와 같은 중요한 인물이 무창에 있다는 것을 파악하지 못한 비상에 대한 책임을 묻겠다는 의지를 밝혔다.

공손설악과 공손망은 공손초의 말에 아무런 대꾸도 하지 않았으나 내심으론 잘되었다는 생각을 하고 있었다.

공손초가 비상에 대한 책임을 물으려 한다면 루외루의 정보력을 한 손에 쥐고 흔드는 비상 단주 환종과 척을 질 가능성이 높아진다.

그들에게 득이 되면 득이 되었지 나쁠 것이 전혀 없는 것이다.

"그나저나 답은 언제쯤 올 것 같습니까?"

공손설악이 물었다.

"전서구를 날렸으니 자정 무렵이면 어떤 대답이든 날아오겠지."

"자정이면 꽤나 긴 시간입니다. 무황성 무창지부를 날렸다고 해도 그 시간이면 인근에 있는 문파들이 의협진가를 돕기 위해 움직일 여유가 충분합니다."

"그걸 막는 것이 너희의 임무다. 그런데 꼭 막을 필요가 있을까?"

공손초가 의미심장한 얼굴로 물었다.

"없습니다. 기왕 본 루의 정체가 드러난 이상 한데 모아

놓고 모조리 쓸어버리는 것도 나쁘지는 않을 것 같습니다."

공손망이 살기 어린 눈동자를 빛내며 대꾸했다.

"같은 생각이다. 그런데 하나는 확실히 해두자. 놈은 내 것이다."

공손설악이 공손망의 어깨에 손을 올리며 말했다.

공손초는 웃음으로 그의 말에 힘을 실어주었고 공손망은 아무런 말도 못하고 입술만 꽉 깨물 뿐이었다.

한데 그들은 알고 있을까?

그들이 의협진가에 준 약 반나절가량의 여유가 자신들에게 어떤 의미가 되어 돌아오게 될지를.

공손초의 예상대로 자정 무렵에 전서구가 도착했다.

수호령주와 복천회를 엮어 무황성과 갈등을 일으킨다는 계획은 밑그림은 그려져 있었으나 아직 구체화되지 않은 상태였다.

무엇보다 삼선이 수호령주의 목숨을 거두리라 확신하고 있는 공손후는 의협진가를 치는 데 방해가 되면 상대가 누구든 상관없이 제거하라는 명을 내렸다.

공손초가 공손후의 의지가 담긴 전서를 받은 시점은 자정이 조금 넘은 시각이었지만 무창 외곽으로 물러났던 녹림도와 낭인들은 곧바로 움직이지 않았다.

첫 번째 싸움에서 많은 피해를 당한데다가 야간에 벌어지는 싸움은 아무래도 지형지물에 익숙한 의협진가 쪽에 유리한 점이 있다는 의견을 공손초가 받아들였기 때문이었다.

녹림도와 낭인들이 본격적으로 움직이기 시작한 것은 새벽이 다 되어서였다.

낮에 많은 피해를 보았지만 뒤늦게 도착한 산채들 덕분에 전력은 이전에 크게 부족하지 않았다.

의협진가의 전력 역시 낮과 비할 바가 아니었다.

진유검과 보조를 맞추고 있던 신천옹 요원에게서 날아든 소식에 무황성은 그야말로 난리가 났다.

음부곡이 무림삼비 중 하나인 루외루의 자금책이었다는 것도 놀라운 사실이었지만 그걸 밝혀낸 수호령주에 앙심을 품은 루외루가 의협진가를 직접 친다는 소식은 충격 그 자체였다.

사공백은 소식을 접하자마자 무황 직속의 전투단인 섬전대와 뇌력대를 급파했고 무창지부에 전서를 띄워 의협진가를 도우라 명을 내렸다.

그것도 부족해 무창 인근의 지부와 의협진가를 도울 수 있는 거의 모든 문파에 전서를 띄웠다.

신천옹의 요원으로부터 전서구가 도착하고 고작 이각 만

에 취해진 조치였다.

하지만 지금 의협진가에 모인 문파들은 무황성의 전서를 받은 이들이 아니라 의협진가의 위기를 먼저 파악하고 달려온 사람들이었다.

그 수가 무려 이백에 육박하니 사실상 무창에 있는 거의 모든 문파가 의협진가를 돕기 위해 움직였다고 해도 과언은 아니었다.

물론 대부분의 사람이 그저 이름 없는 무관과 도장의 제자들이었지만 의기만큼은 하늘을 찔렀다.

의협진가는 목숨을 걸고 달려와 준 군웅의 행동에 큰 감명을 받았다.

그렇다 해도 의협진가로 인해 그들이 희생되는 것을 바라지 않았기에 도움을 정중히 거절하려 했다.

하나, 물러나는 사람은 열에 하나도 되지 않았고 때마침 무황성에서 날아든 전서를 읽고 의협진가의 소식을 접한 이들까지 의협진가로 몰려오기 시작하니 시간이 갈수록 지원군의 숫자는 계속해서 증가 중이었다.

"생각보다 지원군이 많군요."

의협진가에 모인 병력이 삼백을 돌파했다는 보고를 접한 공손설악이 조금은 놀랐다는 표정을 지었다.

그 정도 숫자라면 녹림과 낭인들 전력의 절반에 육박하

는 수준이었다.

"부나방일 뿐이지."

공손설악의 말을 가볍게 일축한 공손초가 자신의 명을 기다리고 있는 녹림과 낭인들의 우두머리를 둘러보았다.

낮에만 해도 녹림 총채주의 오른팔 격인 동추완(東秋緩)과 호북 낭인들의 대부라 불리는 혈아(血牙)를 통해 녹림도와 낭인들을 부렸지만 지금은 그럴 필요를 느끼지 못했다.

"아무런 생각도 하지 말고 추측도 하지 마라. 그저 시키는 대로 명만 따르면 된다. 공을 세우면 너희가 감히 꿈도 꾸지 못했던 상을 받게 될 것이다."

동추완과 혈아가 공손초 앞에서 고개도 제대로 들지 못하는 것을 본 녹림과 낭인들의 우두머리들은 비굴해 보일 정도로 납작 엎드렸다.

"그렇다고 너무 걱정하지 마라. 너희의 희생만 강요하지는 않을 것이니. 림아."

"예, 아버지."

공손림이 재빨리 앞으로 나섰다.

"선봉은 너다. 가라. 가서 의협진가를 피로 물들여라."

"명을 받들겠습니다."

절도 있게 예를 표한 공손림이 의협진가를 향해 힘차게 발걸음을 내딛었다.

삼십 명 정도 되는 청년들이 공손림의 뒤를 따르고 이를 지켜보는 공손초가 조금은 걱정되는 얼굴로 말했다.

"저 아이는 복천회주의 상대가 되지 못한다. 네가 뒤를 봐줬으면 좋겠구나."

"걱정 마십시오, 당숙. 약속대로 복천회주는 제 손에 죽을 것입니다."

공손설악이 취혼마수를 가볍게 흔들며 대답했다.

조금 떨어진 곳에서 대화를 듣던 공손망이 치미는 화를 이기지 못하고 몸을 홱 돌렸다.

그것을 놓치지 않은 공손초가 관자놀이를 씰룩이며 공손망을 불러 세웠다.

"잠시 멈추거라."

공손망이 귀찮은 표정이 역력한 얼굴로 고개를 돌렸다.

"무슨 일이십니까?"

"이번 싸움을 위해 네가 꼭 해줘야 할 일이 있다."

음성은 더없이 부드러웠지만 공손초의 입가에 걸린 미소는 분명 비웃음이었다.

"으아아악!"

"크악!"

"사, 살려줘!"

여명(餘命)과 함께 밀려든 적들의 공세에 의협진가 곳곳에서 처참한 비명이 터져 나왔다.

고작 삼십 남짓한 선봉대를 막지 못해 정문이 그대로 돌파당했고 정문을 수비하던 의협진가의 제자들과 군웅들은 단 한 명도 살아남지 못했다.

순식간에 정문이 뚫리고 정문을 지키던 이들의 피가 천지를 적시자 기세가 한껏 오른 녹림도와 낭인들이 물밀듯이 밀려들었다.

연무장 뒤편의 전각 위에서 전황을 살피던 진산우와 허극노의 안색이 딱딱히 굳었다.

의협진가의 제자들은 물론이고 의협진가를 돕기 위해 달려온 군웅들의 힘만으로도 산적과 낭인 따위는 충분히 상대할 수 있었다.

문제는 그들이 아니라 아군 진영 깊숙이 치고 들어온 적의 선봉대였다.

후방의 지원도 없이 아군의 진영에 깊숙이 뛰어드는 그들의 모습을 보고 처음엔 조금 안심을 했다.

정문을 돌파하는 기세는 무서웠지만 실력을 떠나 젊은 혈기만 앞세운 적은 상대하기 쉬운 법이기에.

하나, 두 사람은 순식간에 아군의 진형을 무너뜨려 버리는 선봉대의 활약에 경악을 금치 못했다.

개개인의 무공 실력은 의협진가의 정예들마저 가볍게 요리할 정도로 뛰어났고 몇몇은 장로들과 맞상대할 정도로 대단했다.

특히 선봉을 이끌고 있는 공손림이 곽정산을 거의 일방적으로 몰아붙이는 모습에선 아예 할 말을 잃고 말았다.

선봉대의 기세가 꺾인 것은 독고무가 본격적으로 나서면서부터였다.

섬전검 마옥과 삼안마도 이혼의 죽음에 엄청난 충격과 상심에 젖은 독고무는 주체할 수 없는 분노를 공손림이 이끌고 온 선봉대에 쏟아부었다.

의기만을 가지고 의협진가에 모인 군웅은 물론이고 의협진가의 정예들까지도 자신만만하게 유린하던 선봉대는 독고무의 등장에 그다지 신경을 쓰지 않았다.

나이도 비슷한데다가 딱히 특출 난 느낌을 받지 못했기 때문이다.

그들의 방심은 독이 되어 돌아왔다.

독고무가 무심히 휘두른 군림도에 무적을 자랑하던 선봉대 셋의 몸이 그대로 터져 나갔다.

그토록 기세 좋게 몰아치던 선봉대의 움직임이 그대로 멈췄다.

대체 칼에 얼마나 엄청난 힘이 실려 있기에 사지가 잘려 나가는 것도 부족해 아예 터져 나간단 말인가.

고금무적이라 불리는 천마의 패천무극도(覇天武極刀)!

천폭멸(天爆滅)은 피아를 가릴 것 없이 모든 이를 공포에 젖게 만들었다.

우우우웅!

연이어 공격을 펼치려는 독고무의 신형이 갑자기 멈추고 의문을 가진 눈동자가 손에 들린 군림도로 향했다.

'어째서?'

단순한 도명과는 어딘지 모르게 다른 느낌. 마치 무엇인가를 부르는 듯한 깊은 울림이 전해졌다.

바로 그때, 독고무 앞에 그가 움직이기만을 기다리고 있던 공손설악이 나타났다.

그가 손에 착용하고 있던 취혼마수에서도 은은한 울림이 있었지만 독고무를 상대하게 되었다는 흥분 때문인지 공손설악은 미처 그것을 의식하지 못하고 있었다.

'저건!'

공손설악, 정확히는 그가 착용하고 있는 취혼마수를 확인한 독고무의 눈동자가 크게 흔들렸다.

공손설악은 그런 독고무의 반응을 전혀 엉뚱한 방향으로 해석했다.

"훗, 강한 상대를 보고 호승심을 일으키는 것을 보니 그대 역시 무인은 무인이군."

취혼마수에서 눈길을 뗀 독고무가 공손설악을 찬찬히 살폈다.

내력이 제대로 갈무리가 되어 있는 것이 스스로 자부할 만큼 강한 상대는 틀림없는 것 같았다.

"강한 건 맞지만 내 상대는 아니다."

순간, 공손설악이 묘하게 입술을 비틀며 취혼마수를 까딱거렸다.

"이 손이 네 심장에 박혔을 때도 그렇게 말할 수 있는지 지켜보지."

공손설악이 서서히 기운을 끌어모았다.

역천혈사공의 공능과 함께 그의 전신에서 강력한 사기가 발출되었다.

어지간한 고수라도 정신을 흐트러뜨릴 만한 사기였지만 극마지경에 이른 독고무는 전혀 영향을 받지 않았다. 그래도 공손설악의 강함을 확인하기엔 충분했다.

독고무의 몸에서도 불같은 전의가 피어올랐다.

복천회는 물론이고 넓은 범위로 보자면 천마신교 전체에서도 손꼽히는 섬전검과 삼안마도가 당했다는 것을 알게 되었을 때 얼마나 큰 충격을 받았던가.

녹림의 총채주라는 자가 제법 실력이 뛰어나다는 말이

있었지만 섬전검과 삼안마도가 그에게 당했다는 것을 결코 믿을 수 없었다.

아니, 애당초 녹림 따위가 의협진가를 노린다는 것 자체가 말이 되지 않았다.

천마신교가 배후에 있는 것은 아닌가 잠시 의심을 하기는 했으나 섬전검과 삼안마도의 몸에서 천마신교 무공의 흔적을 전혀 찾지 못했기에 일단 용의선상에선 배제를 했다.

배후의 정체는 무황성의 연락을 받고 달려온 자들을 통해 밝혀졌다.

실로 놀랍고 어이없기도 한 이름.

'무림삼비. 실력이 어떤지 똑똑히 보아주지.'

독고무가 군림도를 곧추 세웠다.

몸에서 뿜어져 나오는 투기에 펄럭이는 묵빛 전포, 미동도 없이 세워져 있는 군림도에서 풍겨지는 위압감은 실로 대단했다.

선공은 독고무의 손에서 이뤄졌다.

군림도에서 발출된 도기가 순식간에 칠팔 장의 거리를 점하며 공손설악을 향해 날아갔다.

시작부터 꽤나 날카로운 공격이었으나 공손설악의 표정엔 별다른 변화가 없었다.

그저 살짝 몸을 움직여 짓쳐 드는 도기를 흘려보낼 뿐이었다.

독고무가 뿌린 도기는 독고무의 옆구리를 간발의 차이로 스쳐 지나갔다.

안타까운 탄성이 곳곳에서 터져 나왔지만 공손설악은 딱 그만큼의 거리만큼만 몸을 움직인 것.

공격이 성공하리라 조금도 기대하지 않았던 독고무는 신경조차 쓰지 않았다.

공손설악은 독고무의 두 번째 공격도 별다른 반격 없이 무난히 피해냈다.

특색 없는 공방이 잠시 이어졌다.

경천동지할 대결을 기대하던 이들이 실망스런 표정을 짓기 시작할 때 마침내 탐색전이 끝났음을 알리는 굉음이 의협진가를 뒤흔들었다.

꽝꽝!

거대한 충돌음과 함께 독고무가 발출한 도기와 공손설악이 뿌린 장력이 완벽하게 상쇄되어 흩어졌다.

충격을 이기지 못하고 잠시 물러나는 듯했던 공손설악이 먹잇감을 노리고 잔뜩 움츠렸다 달려드는 맹수처럼 엄청난 속도로 달려들었다.

몸이 도착하기도 전, 그의 양손에서 흘러나온 적색 기류가 주변 공간을 장악하고 마치 살아 있는 생명처럼 꿈틀대며 독고무의 허점을 파고들었다.

그 정도는 할 줄 알았다는 듯 가소로운 웃음을 흘린 독고무가 군림도를 치켜세우자 묵빛 도강이 불쑥 솟구쳤다.

무극혼류공(無極混流功), 훗날 천마지존공(天魔至尊功)으로 명명된 절세의 신공이 독고무의 단전에서 잠자고 있던 거력을 일깨웠다.

자신이 뿌린 장력이 갑작스레 돌변한 독고무의 기세에 순식간에 사라지자 짧은 탄성을 내뱉으며 손을 거둔 공손설악은 이어질 역공에 대비했다.

그의 예상대로 태산처럼 강맹한 도강이 곧바로 날아들었다.

피한다는 것은 이미 불가능했다.

사실 물러설 생각도 없었다.

지금과 같은 상황에서 기선을 놓치면 승부는 그것으로 끝장이었다.

역천혈사공을 극성으로 끌어올린 공손설악이 코앞까지 이른 도강을 향해 힘차게 손을 휘둘렀다.

혈뢰경천수(血雷驚天手).

취혼마수를 착용하고 시전하는 혈뢰경천수의 위력은 이름 그대로 경천동지.

막지 못할 것이 없었고 부수지 못할 것이 없었다.

혈뢰경천수에 막혀 마치 검처럼 두 동강이가 난 도강을 보며 독고무는 자신도 모르게 몇 걸음 물러나고 말았다.

충돌 과정에서 입은 충격이 상당했는지 입가에서 한줄기 피가 흘러내렸다.

충격을 받은 것은 독고무만은 아니었다.

혈뢰경천수를 사용하여 독고무가 만들어낸 도강을 두 동강이 내면서 외견상으로 멋들어진 모습을 보였으나 천마지존공을 바탕으로 한 도강은 그렇게 만만한 것이 아니었다.

'무시무시하군.'

공손설악은 취혼마수를 통해 전해지는 힘에 기가 질린 표정을 지었다.

단언컨대 지금껏 혈뢰경천수를 사용하고도 지금처럼 충격을 받은 적은 한 번도 없었다.

"대단하군. 과연 내 기대를……."

엄지손가락을 치켜들던 공손설악의 얼굴이 확 일그러졌다.

그건 분명 실수였다. 그것도 치명적인 실수.

공손설악은 기대만큼 대단한 실력을 보여준 상대에 대한 경의를 표하려 한 행동이었으나 독고무가 보기엔 그따위 짓은 싸움이 끝나지도 않은, 생과 사의 갈림길에 서 있는 무인으로서 취할 태도가 아니었다.

"제길!"

어느새 코앞에 이른 군림도를 본 공손설악이 기겁을 하며 발을 놀렸다.

눈앞에서 신기루처럼 사라진다고 하여 붙여진 궁극의 기환보(奇幻步)였으나 이번 기회에 싸움을 끝낼 생각으로 군림도를 휘두르고 있는 독고무의 매서운 눈을 피하진 못했다.

"크윽!"

공손설악의 입에서 비명이 터져 나왔다.

불에 덴 듯 등줄기에서 화끈한 느낌이 전신으로 퍼지고 있었지만 발걸음을 멈출 순 없었다.

죽음은 걸음을 멈추는 순간에 찾아올 터. 방금 전엔 시패를 했지만 그래도 믿을 것은 기환보뿐이었다.

독고무는 한번 잡을 승기를 놓치고 싶은 마음이 없었다.

상대방의 어설픈 행동으로 인해 쉽게 기회를 잡은 셈이나 공손설악의 무공이 결코 만만치 않다는 것을 확인한 이상 확실하게 끝장내야 했다.

독고무의 내력이 한껏 당긴 강맹한 공격들이 공손설악을 노리며 미친 듯이 쏟아져 나왔다.

"저런 병신 같은!"

멀리서 싸움을 지켜보던 공손초의 입에서 욕설이 터져 나왔다.

독고무의 실력과 기세를 감안했을 때 스스로 위기를 자초한 공손설악이 도저히 빠져나갈 수 있는 상황이 아니었다.

기환보가 루외루에서 첫손에 꼽는 절세의 보법이라 해도 독고무의 보법 또한 기환보의 아래가 아닌 것 같았다.

그건 당연했다.

공손설악의 뒤를 쫓는 독고무의 보법은 천마의 움직임을 책임졌던 천마보(天魔步)였으니까.

'생각해 보면 나쁘지는 않은데.'

공손설악의 위기를 보며 화를 내던 공손초의 눈에서 문득 기광이 스쳤다.

루외루의 후계자로 가장 유력했던 공손근이 수호령주에게 사로잡히며 사실상 낙마한 지금 공손설악도 유력한 후보자 중의 한 명이었다.

훗날 치열한 싸움을 벌이느니 차라리 지금 사라지는 것도 그다지 나쁜 일은 아니란 생각이 들었다.

'하지만 그리되면 이곳 일을 책임진 나의 모양새가 좋지 않게 된다.'

잠시 갈등을 하던 공손초가 아쉬운 한숨을 내뱉으며 품

을 뒤졌다.

손바닥만 한 비수 세 개를 꺼내 든 공손초는 다시 한 번 망설이다 독고무를 향해 비수를 던졌다.

공손초와 독고무의 거리는 대략 십오 장 정도.

상당한 거리였으나 세 자루의 비수는 공손초의 손을 떠나는 것과 동시에 독고무의 등 뒤에 모습을 드러냈다.

'암습!'

맹렬한 기세로 공손설악을 압박하던 독고무는 후방에서 뭔가 엄청난 위험이 접근하고 있음을 느꼈다.

절체절명의 위기에 닥친 그의 전신에서 천마벽(天魔壁)이라 알려진 호신강기가 일어났다.

천마벽이 독고무의 전신을 에워싸는 것과 동시에 세 자루의 비수가 천마벽을 두드렸다.

손바닥 한 비수라 해도 그 안에는 가히 태산을 짓누를 만한 힘이 담겨 있었다.

천마벽을 강타한 비수의 위력에 독고무의 몸이 크게 휘청거렸다.

입에선 아까보다 훨씬 진하고 많은 양의 피가 흘러내렸다.

다행히 비수는 막아냈지만 연이은 공격이 이어질 가능성이 있었기에 독고무는 공손설악에 대한 공격을 멈췄다.

노도처럼 밀려들던 독고무의 공격을 피하고 막아내며 온갖 굴욕적인 모습을 보이던 공손설악은 공격이 멈추자 힘겹게 몸을 일으켰다.

먼지 하나 없던 옷은 어느 순간 넝마로 변해 있었고 풀어헤쳐진 머리카락은 볼썽사납게 잘려 나갔다.

칠공에서 꾸역꾸역 흘러내리는 피는 그가 얼마나 심각한 내상을 당했는지를 여실히 보여주었다.

"운이 좋군."

독고무가 공손설악을 향해 차갑게 웃었다.

공손설악은 아무런 대답 없이 고개를 숙인 채 침묵했다.

'역시 끝을 냈어야 했다.'

공손설악 같은 고수를 기회가 있을 때 제거를 못했다는 것이 못내 마음에 걸렸다.

의협진가의 위기도 위기였지만 지금이 아니더라도 언젠가는 복천회에 큰 우환이 될 것이란 예감이 들었다.

독고무의 시선이 공손설악의 손으로 향했다.

무엇보다 안타까운 것은 공손설악이 착용하고 있는 취혼마수를 회수하지 못했다는 것이다.

세상엔 십대마병으로 알려졌으나 취혼마수의 진정한 이름은 천마수(天魔手).

군림도와 함께 천마가 사용했던 애병이었다.

더불어 천마의 무공을 완성하기 위해서라도 꼭 필요한 물건이기도 했다.

간신히 몸을 수습한 공손설악은 피에 흠뻑 젖어 혈귀처럼 변해 버린 자신의 모습을 확인하곤 어깨를 들썩이며 키득거렸다.

"크크크! 미치겠군. 설마하니 내가 이런 꼴이 되리라곤 꿈에서도 생각해 본 적이 없었다. 그런데……."

차마 말을 잇지 못하던 공손설악이 자신을 구한 공손초를 향해 힐끗 고개를 돌리곤 허탈히 웃었다.

"더럽게 되었네. 아주 더럽게."

31장

빠른 게 빠른 게 아니다

"무창입니다, 주군."

뽀얀 먼지를 뒤집어쓰고 앞서 달리던 전풍이 탁 트인 들판의 끝, 희미하게 보이는 무창성을 가리키며 소리쳤다.

같은 거리를 달려왔음에도 지친 기색이 역력한 진유검에 비해 전풍은 아직 여유가 있어 보였다.

"한시가 급하다. 나와 보조를 맞추지 말고 먼저 가. 가서 상황이 어찌 돌아가고 있는지 살펴봐라."

진유검이 다급히 손짓했다.

마침내 도착했다는 안도감보다는 너무 늦은 것은 아닌지

불안에 떨었다.

"알겠습니다. 그럼 먼저 가겠습니다."

진유검과 나름 보조를 맞추고 있던 전풍이 백보운제를 극성으로 끌어올리자 속도의 차이가 확연히 드러났다.

그 속도를 오랫동안 지속할 수는 없어도 무창까지라면 무리는 아니었다.

'제발 늦지 않았기를.'

점점 멀어지는 전풍을 보며 진유검은 마음속으로 빌고 또 빌었다.

"크헉!"

외마디 비명을 지르며 쓰러지는 적의 가슴을 다시 한 번 베어버린 공손망이 귀찮은 표정이 역력한 얼굴로 돌아섰다.

"젠장! 여기서 뭔 짓을 하는 건지 모르겠네."

공손망은 치열한 싸움이 벌어지는 전장을 살피며 한숨을 내쉬었다.

의협진가를 돕기 위해 몰려든 무인들과 그들을 막기 위해 애쓰는 녹림도들이 온갖 악을 써가며 서로를 향해 무기를 휘둘렀다.

전체적인 전장의 분위기는 녹림의 우세였는데 이는 녹림

의 전력이 강한 것이 아니라 공손망의 수하들이 전장 곳곳을 헤집고 다니며 맹활약을 한 덕분이었다.

그들은 공손망이 무창으로 올 때 그가 수장으로 있는 유검단(流劍團)에서 특별히 차출하여 데리고 온 수하들로 하나같이 실력이 뛰어났고 무엇보다 공손망에 대한 절대적인 충성심으로 똘똘 뭉친 자들이었다.

수하들의 활약을 지켜보던 공손망의 입에서 한숨이 흘러나왔다.

"아무리 내가 밀기로서니 이건 아니지 않소이까, 당숙!"

공손망이 의협진가가 있는 곳으로 고개를 틀리며 이를 갈았다.

의협진가에 대한 본격적인 공격이 있기 전, 공손초는 공손망에게 무창 외곽에서 의협진가를 지원하기 위해 오는 병력을 끊으라는 명을 내렸다.

시간이 흐를수록 지원군이 계속해서 늘어가는 추세였기에 공손초의 명령은 당연한 것이라 할 수도 있었지만 공손망의 불만은 그 일을 하필이면 왜 자기가 해야 하느냐는 것이었다.

공손초는 의협진가에 대한 모든 지원을 압도적인 힘으로 확실하게 차단하기 위함이라는 평계를 대며 공손망을 달랬다. 하나, 이미 감정이 상한 공손망은 공손초의 모든 말과 행동이 자신을 기만하는 것이라 여겼다.

"명령대로 지원군은 확실히 틀어막겠소. 하지만 오늘의 이런 대접은 절대로 잊지 않을 것이오, 당숙!"

애써 분노를 삭히는 공손망의 눈은 조금 전보다 더욱 살벌한 살기로 번들거렸다.

공손망이 다시금 전장으로 고개를 돌렸다.

순식간에 무너졌던 여타의 지원군들과는 달리 녹림도의 포위 공격에도 필사적으로 버티고 있는 한 무리가 유난히 눈에 들어왔다.

"그래도 이번엔 제법 하는 놈들인가 보군."

공손망의 중얼거림에 옆에 있던 옥연이 조용히 대답했다.

"표행에 나갔던 수호표국의 표사들인 것 같습니다."

"수호표국? 하면 의협진가의 제자란 말이네."

"그렇습니다."

"음, 확실히 실력들은 있는 것 같다. 하지만 멍청하기도 해. 때마침 표행에 나서 목숨을 구했으면 천운이라 여기고 아무 곳에나 처박혀 있을 것이지 굳이 목숨을 버리려고 달려올 필요는 없잖아."

혀를 찬 공손망이 옥연에게 명을 내렸다.

"산적 놈들에게 맡기지 말고 너희가 직접 상대해줘. 그

래도 명색이 의협진가의 제자들이라니 그만한 대우
는……."

명을 내리던 공손망이 갑자기 말을 끊었다.

이를 이상하게 여긴 옥연이 공손망의 시선을 따라 고개
를 돌렸다.

특별히 이상한 점을 발견할 수가 없었다.

"무슨 일이……."

"저기 보이냐?"

"예?"

"저기 말이다."

공손망이 저 멀리 수호표국 뒤편에서 달려오는 누군가를
가리켰다.

"보면서도 믿기지가 않는다. 내가 처음 저자를 발견했을
땐 그저 조그만 점에 불과했다. 그런데 벌써 이만큼이나 다
가오다니."

공손망의 입이 쩍 벌어졌다.

옥연과 대화를 나누는 그 짧은 사이에 괴인의 신형은 이
미 수호표국의 표사들을 지나치고 있었기 때문이었다.

"허!"

괴인이 지나가는 길목에 있던 산적들이 짚단처럼 쓰러지
는 것을 본 공손망의 입에서 탄성이 터져 나왔다.

하지만 감탄은 이내 분노로 바뀌었다.

괴인의 손에 산적들은 물론이고 자신이 직접 뽑아온 수하 둘이 힘없이 쓰러지는 것을 본 것이다.

공손망이 검을 가볍게 잡았다.

굳이 괴인을 향해 달려갈 필요는 없었다.

그의 위치가 괴인이 이동하는 방향의 일직선상에 있었기 때문이었다.

옥연에게 물러나라는 신호를 보냈을 때 괴인과의 거리는 대략 이십여 장.

한 번의 호흡이 끝났을 때 거리는 오 장까지 좁혀졌다.

공손망의 눈이 괴인의 움직임을 쫓았다.

어깨의 근육이 움찔한다고 느껴지는 순간, 검은 이미 괴인을 베고 있었다.

괴인의 신형이 공손망을 스쳐 지나갔다.

허공으로 치솟은 핏방울이 괴인을 따라 점점이 뿌려졌다.

뒤늦게 쫓아온 날카로운 바람에 공손망의 머리카락이 거칠게 흩날렸다.

흐트러진 머리카락을 뒤로 넘기는 공손망의 얼굴은 무섭게 일그러져 있었다.

"괜찮으십니까?"

물러났던 옥연이 걱정스런 얼굴로 달려왔다.

"설마하니 내 검을 피할 줄이야! 평생 저렇게 빠른 인간이 있다는 말은 처음 들었다."

"하지만 놈의 몸에서 피가 흘렀습니다."

공손망이 씁쓸히 고개를 저었다.

"스쳤을 뿐이다. 제대로 베지 못했어. 그냥 달려오는 것처럼 보였지만 움직임의 변화가 상당했다. 더 놀라운 것은 그 와중에도 내게 역공을 펼쳤다는 거다. 봐라. 까딱 잘못했으면 어깨가 박살 날 뻔했다."

공손망은 옷이 찢겨져 나간 왼쪽 어깨를 내보였다.

옷과 함께 어깨의 피부도 날카롭게 찢겨져 있었는데 사실 그 범위가 극히 좁아서 큰 부상이라 할 수는 없었다.

"스쳤기에 망정이지 제대로 맞았다면⋯⋯."

스스로 생각하기에도 끔찍했는지 공손망은 차마 말을 잇지 못했다.

"어쨌든 적을 놓쳤습니다. 장로님께서 책임 추궁을 하시지 않겠습니까?"

옥연의 걱정스런 말에 공손망은 코웃음을 쳤다.

"당숙이? 어림없는 소리. 싸우자는 것도 아니고 저런 속도로 달려와 내빼는 놈을 어찌 잡아? 책임 추궁을 하고 싶으면 일단 잡아놓고 추궁을 하든지 해보라고 해. 그러면 내가 얼마든지…….”

분기탱천하여 소리치던 공손망의 음성이 다시금 작아지기 시작했다.

그리곤 조금 전과 마찬가지로 수호표국이 포위 공격을 당하고 있는 곳을 뚫어져라 바라보았다.

그런 공손망의 모습에 놀란 옥연이 자신도 모르게 침을 꿀꺽 삼켰다.

두 사람의 시선에 또 한 명의 괴인이 들어왔다.

방금 폭풍을 몰고 지나간 괴인만큼은 아니더라도 새롭게 모습을 드러낸 괴인 역시 어지간한 인간은 꿈도 꾸지 못하는 속도로 달려오고 있었다.

한데 그냥 스쳐 지나간 괴인과는 달리 이번에 나타난 괴인의 발걸음은 수호표국의 표사들이 싸우고 있는 곳에서 멈춰졌다.

“네놈은 놓치지 않는다.”

공손망이 매섭게 빛나는 눈빛으로 괴인을 향해 움직이기 시작했다.

[조그만 버티시오. 주군께서 곧 도착하실 테니까.]

귓가를 파고든 한줄기 전음에 힘겨운 싸움을 하고 있던 수호표국 수석표사 장초의 얼굴이 환해졌다.

황급히 주변을 살피는 장초의 눈에 빠르게 앞으로 치고 나가는 전풍의 모습이 들어왔다.

몇 번 경험을 하기는 했어도 볼 때마다 경악을 금치 못하게 하는 속도였다.

하지만 지금은 그런 움직임에 놀랄 때가 아니다.

전풍이 왔다면 진유검도 온다는 것.

어둠 속에서 한줄기 광명이 비췄다.

"대공자께서 오신다. 조금만 더 힘을 내자."

대공자라는 소리에 수호표국 표사들이 일제히 함성을 내질렀다.

그들에겐 아무리 많은 적과 강한 적들이 몰아쳐 와도 진유검이라면 그 모든 적을 단숨에 물리칠 수 있으리란 믿음이 있었다.

특히 항주에서 무창으로 돌아오는 표행길을 함께하며 진유검의 신위를 직접 목도한 표사들의 믿음은 종교만큼이나 강한 것이었다.

수호표국의 표사들과 함께 싸우던 군웅들마저 수호표국의 분위기에 동화되었다.

그리고 분위기가 한참 고조되는 순간에 전풍의 전언대로 진유검이 모습을 드러냈다.

"대공자님!"

장초가 감격에 겨운 음성으로 소리쳤다.

장초를 알아본 진유검이 밝은 얼굴로 달려오다 그의 곁에 쓰러져 있는 유강의 모습을 발견하곤 흠칫 놀랐다.

"대표두는 어찌 된 건가?"

"놈들에게 당했습니다."

"호풍검이 산적 따위에게 당했다는 건가?"

진유검이 주변을 포위하고 있는 녹림도를 슬쩍 둘러보며 물었다.

"산적이 아니라 저놈들에게 당했습니다."

장초가 전풍에게 당해 쓰러진 동료를 부축하고 있는 유검단 단원들을 가리켰다.

진유검은 그들이 루외루의 무인들이라는 것을 한눈에 파악했다.

"루. 외. 루."

유검단원을 노려보는 진유검의 눈빛에서 한광이 뿜어져 나왔다.

"혹시 본가의 상황에 대해서 아나?"

"정확히는 모릅니다. 저희도 표행길에 나섰다고 돌아오는 길에 본가가 공격을 당하고 있다는 말을 들었을 뿐입니다. 수호표국은 이미 초토화가 되었습니다."

"음."

진유검의 입에서 침음이 흘러나왔다.

"그래도 본가는 건재하리라 믿고 있습니다. 곳곳에서 지원군이 도착하고 있는 중이고요."

장초가 곳곳에서 산적들과 치열한 싸움을 펼치고 있는 군웅들을 가리키며 말했다.

"하지만 피해가 너무 크군. 적들도 그것을 알고 미리 길목을 차단하려는 것 같고."

"예, 특히 저놈들의 실력이 무시무시합니다. 이곳에서 쓰러진 대부분의 협사가 놈들에게 당했다고 해도 과언은 아닙니다. 믿기 힘드시겠지만 개개인의 실력이 대표두님과 버금갈 정도입니다. 때마침 전풍이 나타나지 않았다면 저도 당할 뻔했습니다."

장초가 부상당한 동료를 뒤쪽으로 돌리고 서서히 접근하고 있는 유검단을 원독에 찬 눈으로 노려보았다.

"이런 곳에서 머뭇거릴 시간은 없지만 대표두의 복수는 해야겠지. 아무튼 길을 뚫을 테니 따르도록."

명을 내린 진유검이 유검단을 향해 걸음을 내딛었다.

공격을 한 것도 아니고 그저 다가섰을 뿐인데도 유검단원들의 얼굴엔 긴장의 빛이 역력했다.

개개인의 실력이 뛰어난 만큼 눈앞의 상대가 얼마나 강한지 조금은 감을 잡은 것이다.

진유검은 주춤거리며 물러나는 유검단원들을 보며 싸늘히 말했다.

"올 생각이 없다면 내가 가지."

말이 끝나는 것과 동시에 유검단원 앞에 나타난 진유검이 손을 뻗었다.

퍽!

둔탁한 소리와 함께 가장 좌측에 있던 사내의 몸이 허공으로 붕 떠올랐다.

그가 땅바닥에 떨어지기 전, 두 명의 동료가 똑같은 공격을 받고 허공으로 떠올랐다가 힘없이 추락했다.

아무런 반항도 해보지 못하고 무참히 널브러진 그들의 몸에 특별한 외상은 보이지 않았다.

그저 가슴 어귀에 희미한 흔적이 남았는데 자세히 살펴보면 그 모양이 마치 연꽃을 닮아 있었다.

진유검의 신형이 다시 움직이고 또 한 사내의 가슴을 타격할 찰나 그의 좌측 어귀에서 눈부신 섬광이 일었다.

'너무 쉽군.'

진유검을 향해 검을 날린 공손망의 얼굴에 실망스런 기운이 잠시 나타났다 사라졌다.

공격은 완벽했다.

암습이란 것이 마음에 걸리기는 했어도 아끼는 수하를

구하기 위해서라면 그 정도 부끄러움은 감수할 수 있었다.

공손망이 발출한 한줄기 섬전이 진유검을 노렸다.

그의 검은 천하의 그 누구라도 피할 수 없으리란 자부심을 가져도 좋을 만큼 충분히 빨랐다.

다만 진유검의 반응은 공손망이 생각한 것보다 몇 배는 빨랐다.

진유검의 신형이 꺼지듯 사라졌다.

공손망의 검이 벤 것은 진유검의 잔상에 불과했다.

잔상을 벤 검이 즉시 방향을 틀며 진유검을 쫓았지만 무흔지가 먼저였다.

은밀히 짓쳐 드는 무흔지에 놀란 공손망이 황급히 검을 틀었다.

따따땅!

무흔지가 검에 적중하며 요란한 충돌음을 만들어냈다.

"제법이군."

무흔지를 막아낸 공손망이 그사이 무사히 물러난 진유검을 지그시 노려보며 말했다.

음성이나 얼굴은 평온해 보였지만 내심은 그렇지 않았다.

무흔지의 위력은 결코 가볍지 않았다.

검신을 타고 올라온 충격에 손목이 시큰거리고 어깨까지 뻑뻑해질 정도였다.

"그대로 돌려주고 싶군. 제법 빠른 검이었다."

진유검이 공손망의 쾌검에 대해 간단히 평했다.

그로선 상당한 칭찬이었으나 받아들이는 공손망은 그렇지 못했다.

"제법 빠른 검? 훗, 한 번 피해냈다고 자신감이 대단하군. 하긴, 어제도 바로 네놈처럼 그런 자신감으로 똘똘 뭉친 늙은이를 상대했었지. 결국 제대로 검을 휘둘러 보지도 못하고 숨통이 끊겼지만."

공손망의 입꼬리가 비틀어지며 얼굴 가득 비웃음이 피어났다.

"그 늙은이의 이름이 섬전검이었지 아마."

공손망이 말끝을 흐리며 진유검의 반응을 살폈다.

무인이라면 무림에 널리 퍼진 섬전검 마옥의 명성을 모를리 없다.

공손망은 단순히 섬전검을 꺾은 자신의 실력을 내보이고 싶은 것이 아니라 자신의 말을 듣고 진유검이 어떤 반응을 보이는가를 확인하고 싶어했다.

'역시!'

공손망이 지그시 입술을 깨물었다.

우려는 현실이 되었다.

상대는 자신이 섬전검을 간단히 꺾었다는 말을 듣고도 별다른 동요를 하지 않았다.

잠시 눈빛을 반짝이기는 했으나 그것이 전부였다.

허세는 결코 아니다.

허세가 아니라면 결론은 하나였다.

상대가 섬전검보다 훨씬 강하다는 것.

"그 어른이 어째서 이곳에 있었던 것인지 모르겠군. 녀석이 알면 슬퍼하겠어."

조용히 중얼거린 진유검이 공손망을 향해 검을 들었다.

"네가 죽어야 할 이유가 하나 더 늘었다."

"그 늙은이도 그렇게 말은 했지. 하지만 내 검에……."

"자신의 검에 그렇게 자신이 있나?"

진유검이 물었다.

"자신이라기보다는 확신이라 해두지."

"좋아. 그 확신이라는 것이 얼마나 한심한 것인지 가르쳐 주지."

진유검이 들고 있던 검을 검집에 넣었다. 그리곤 공손망을 향해 천천히 걸어갔다.

진유검의 의도를 파악한 공손망이 온몸을 부르르 떨었다.

두려움은 아니다.

무인으로서 어쩌면 일생일대의 승부를 펼치게 된 전율과 환희였다.

한데 그런 공손망의 기분도 모르고 진유검이 무기를 거둔 지금이 동료들의 복수를 할 수 있는 좋은 기회라 생각한 유검단원 몇이 기습을 감행했다.

"뭣들 하는⋯⋯."

불같이 화를 내려던 공손망은 급히 입을 다물고 말았다.

자신의 외침이 채 끝나기도 전, 싸움은 이미 끝이 났다.

애당초 싸움이랄 것도 없었다.

일당백의 정예라 해도 과언이 아닌, 천하의 그 어떤 문파의 제자와 상대를 시킨다고 해도 절대 우위에 있으리라고 판단한 수하들이 아무런 대항도 하지 못하고 속수무책으로 쓰러지는 것을 보며 두려운 마음까지 들었다.

한 명은 자신의 검을 멈추게 만들었던 지력에 미간이 관통당해 숨이 끊어졌고 다른 한 명은 상대의 장력에 서서히 무너져 내렸다.

'내가중수법(內家重手法)! 무시무시하군.'

공손망의 가슴에 한기가 들었다.

쓰러진 수하의 몸엔 별다른 이상이 없어 보였다.

하나, 장력의 위력을 대충 가늠해 보았을 때 수하의 내부 장기는 한줌 핏물로 변해 모조리 녹아내렸을 것이다.

"꼼짝들 하지 마라."

또다시 무모한 짓을 할 수하가 있을까 걱정한 공손망이 다급히 소리쳤다.

수하들의 움직임을 단단히 단속한 공손망도 자신의 검을 검집에 넣었다. 그리곤 진유검을 향해 발걸음을 내딛었다.

전장의 모든 싸움은 이미 멈춰진 지 오래였다.

수백 쌍의 눈동자가 오직 두 사람의 움직임을 쫓았다.

사 장, 삼 장, 이 장.

두 사람의 거리가 급격하게 가까워질수록 폭발할 것 같은 긴장감이 두 사람을, 전장을 휘감았다.

아무도 입을 열지 못했다.

움직임도 없었고 숨소리조차 들리지 않았다.

마침내 두 사람의 거리가 일 장 안쪽으로 좁혀졌다.

약속이라도 한듯 걸음이 멈춰졌다.

시선은 상대방의 눈에 고정되어 있었고 호흡 또한 서로에게 일치되었다.

팽팽한 대치를 이룬 두 사람은 쉽게 움직이지 못했다.

정확하게 말하자면 자신의 검에 그토록 자신감이 넘치던

공손망이 움직일 엄두를 내지 못하고 있는 것이다.

진유검의 표정은 시종일관 담담했다.

특별한 기수식도 없이 할 테면 해보라는 듯 양팔을 늘어뜨린 상태였다.

그에 반해 한쪽 발을 약간 앞으로 내민 상태에서 상체를 조금 구부리고 있는 공손망은 말 그래도 최상의 기수식을 취하고 있었다.

그럼에도 움직이지 못했다.

허점을 찾지 못했기 때문이 아니다.

허점이 너무 많았기에 오히려 움직일 수가 없는 것이다.

공손망의 이마에서 땀방울이 흘러내렸다.

과도한 심력을 사용했기 때문인지 낯빛이 몇 날 밤을 샌 사람처럼 급격히 피폐해졌다.

"언제까지 그렇게 있을 거지?"

갑작스런 음성에 공손망의 몸이 움찔했다. 어처구니없다는 눈으로 진유검을 바라보았다.

찰나의 순간을 다투는 대치 상황에서 입을 연다는 것은 그야말로 죽여달라고 하는 것과 다름없었다.

가장 빨리 검을 뽑을 수 있도록 최상, 최고조로 올려놓았던 호흡이 분산되기 때문이다.

한데 그런 기회를 얻고도 자신은 움직이지 못했다.

상대의 약점을 이용한 공격을 하기 싫어서가 아니라 너무도 완벽하게 허를 찔린 것이다.

부끄러워서 얼굴을 들을 수가 없었다.

"재롱은 여기까지."

진유검의 시선이 저 멀리 검은 연기가 솟구치고 있는 곳을 바라보며 말했다.

유강의, 섬전검의 복수를 해준다는 명목이었지만 본가의 위기를 앞에 두고 이렇듯 시간을 지체한다는 것 자체가 말이 안 되는 상황이다.

그것이 반각도 채 되지 않는 시간이라 해도.

공손망의 눈동자가 크게 흔들렸다.

재롱이란 한마디에 지금껏 지켜왔던 모든 자존심과 자부심이 한순간에 무너졌다.

자신은 정말 목숨을 걸고 상대의 허점을 찾았는데 상대의 눈에 그것이 재롱으로 보였다는 것은 승부를 떠나 씻지 못할 치욕이었다.

분노로 인해 가슴이 뜨겁게 타올랐지만 무인으로서의 본능은 차갑게 가라앉았다.

그 눈빛을 본 진유검은 승부를 가르는 순간이 왔다고 여기곤 아직도 머뭇거리는 상대를 위해 한 번 더 격려를 해줘야 할 필요성을 느꼈다.

진유검의 입가에 환한 웃음이 지어졌다.

겉으로 보기엔 전혀 이상할 것이 없는 웃음이었으나 받아들이는 공손망은 그렇지 않았다.

웃음 속에 숨겨져 있는 조롱을 간파한 것이다.

공손망의 고개가 미미하게 흔들리고 어깨가 들썩였다.

성큼 다가선 발걸음은 목표와의 거리를 좁히며 검이 최단거리를 움직여 상대의 숨통을 끊는 데 일조를 할 것이다.

느낌이 좋았다.

공손망의 머릿속에 진유검의 목줄기를 베어버리는 검의 궤적이 그려졌다.

상대는 자신의 검이 숨통을 끊는 순간까지도 상황 파악하지 못하고 그저 하나의 섬광만을 기억하게 되리라.

바로 그 순간, 진유검의 중얼거림이 들려왔다.

"느… 려."

귀를 기울이지 않으면 제대로 들리지 않을 정도로 작은 음성이었으나 공손망의 뇌리엔 천둥처럼 크게 들렸다.

툭.

뭔가 이질감이 잔뜩 느껴지는 소리에 시선이 자연스레 그쪽으로 향했다.

발밑에 익숙한 검 하나가 보였다.

적당히 힘을 준 채로 검을 잡고 있는 손도 보였다.

공손망이 자신의 팔을 들었다.

손목 밑이 허전했다.

손이 잘려 나가 피를 왈칵왈칵 쏟아내는 손목을 보면서 그제야 고통이 몰려오기 시작했다.

"끄아아아악!"

공손망의 입에서 야수의 포효같은 비명이 터져 나왔다.

진유검의 장력이 곧바로 그의 가슴을 강타했다.

공손망의 손목을 잘라 버린 검은 어느새 검집으로 회수된 상태였다.

둔탁한 충격음과 함께 공손망의 신형이 이 장여를 날아가 처박혔다.

가슴 어귀에 피어난 연꽃 무늬를 감안했을 때 공손망이 살아날 가능성은 이미 없었다.

진유검이 고개를 쳐들기 위해 바둥거리는 공손망을 향해 소리쳤다.

"그래도 너무 억울해하지는 마라. 섬전검 어르신은 검을 빼보지도 못했으니까."

진유검의 말에 바둥거리던 공손망의 움직임이 그대로 멈췄다.

웬지 부끄럽다는 생각이을 한 공손망의 텅 빈 눈동자가 구름 한 점 없는 하늘을 응시했다.

"기대하거라. 그를 만난다면 빠른 게 빠른 것이 아님을 알게 될 것이야."

섬전검이 죽음 직전에 했던 말이 떠올랐다.

그때는 전혀 이해를 하지 못했지만 지금은 그 말이 무슨 뜻인지 정확하게 깨달을 수 있었다.

괜스레 웃음이 터져 나왔다.

큭큭거리며 몇 번의 핏물을 토해내던 공손망은 이내 숨이 끊었졌다.

그사이 진유검은 나머지 유검단을 모조리 격살했다.

지원군을 차단하는 역할을 맡았던 녹림도는 공손망에 이어 유검단까지 모조리 쓰러지자 뒤도 돌아보지 않고 도망을 쳤다.

그도 당연한 것이 진유검이 마지막 유검단을 격살할 때 사용한 수법은 전설에서나 들어봄직한 이기어검의 수법.

무려 삼십 장을 날아가 도주하는 유검단원의 심장을 관통해 버리는 신기를 보고는 완전히 전의를 상실한 것이다.

단숨에 모든 싸움을 종식시킨 진유검의 신형이 의협진가

를 향해 바람처럼 쏘아갔다.

　코앞에서 지체한 만큼 마음은 더욱 다급해졌다.

　수호표국의 표사들과 지원군들이 함성을 내지르며 그 뒤를 따랐다.

32장

내가 지켜냈다

　새벽부터 시작된 싸움이 마침내 그 끝을 향해 달리고 있었다.

　의협진가의 대표격이라 할 수 있는 곽정산이 공손림과의 싸움에서 다시는 회복하기 힘든 치명상을 당해 쓰러지고 대부분의 장로가 루외루의 고수들에게 하나둘 목숨을 잃었다.

　진산우와 허극노가 최선을 다해 식솔들을 수습하고 지원군을 지휘하며 버텼지만 분명 한계가 있었다.

　그럼에도 의협진가가 쉽게 무너지지 않고 버틸 수 있었

던 것은 오직 한 사람, 독고무의 엄청난 활약 덕분이었다.

독고무를 상대하기 위해 루외루도 상당히 피해를 감수해야 했다.

공손설악은 이미 패퇴했고 공손림을 따라 선봉에 섰던 이들이 모조리 목숨을 잃었다.

공손설악을 호종하기 위해 따라온 열다섯의 혈뢰단(血雷團) 단원 중 열셋이 목숨을 잃었다.

독고무의 잔인한 손속에 걸려 피떡이 되어버린 녹림도와 산적의 수는 헤아릴 수조차 없었다.

독고무의 활약은 곽정산을 쓰러뜨린 공손림과 혈뢰단의 이인자 섭종, 그리고 공손초가 가장 아끼는 세 명의 호위가 합공을 하면서 비로소 멈춰졌다.

그 싸움 또한 쉽지는 않았다.

세 명의 호위가 가장 먼저 목숨을 잃었고 섭종은 왼쪽 팔이 잘리는 중상을, 공손림마저 내상을 입고 쓰러졌다.

그나마 부상을 감수한 공손림의 마지막 일격이 독고무의 옆구리에 작렬했으니 망정이지 하마터면 수습하기 힘든 상황까지 몰릴 뻔했다.

독고무가 상당히 심각한 부상을 당하면서 그렇잖아도 불리했던 전황은 급격하게 기울었다.

"지독한 놈. 하지만 이젠 끝이다."

공손초는 마지막까지 버티고 있는 독고무를 질렸다는 표정으로 응시했다.

독고무 한 사람을 무너뜨리기 위해 얼마나 많은 피해를 보았던가!

싸움에서 승리하고 의협진가를 잿더미를 만든다고 해도 좋은 소리가 나오긴 애당초에 틀린 상황이었다.

공손림이 내상을 다스리기 위해 필사적으로 운기조식을 하고 있는 모습을 힐끗 바라본 공손초가 피가 나도록 입술을 깨물었다.

형들에 비해 부족한 것이 많은 막내였다.

경험이나 쌓게 해주겠다는 생각에 데리고 왔건만 생각지도 못한 큰 부상을 당하고 말았다.

특히 얼굴을 가로지른 검상은 평생 동안 지워지지 않을 아픈 흔적이 될 것이다.

"복천회든 의협진가든 아예 씨를 말려주마."

이를 부득 간 공손초가 손짓을 했다.

공손초의 오른팔이라고 할 수 있는 독응(獨鷹)이 조용히 다가왔다.

"부르셨습니까, 장로님."

"의협진가를 잿더미로 만들어야겠다."

공손초의 뜻을 알아들은 독응이 고개를 숙였다.

"바로 시행토록 하겠습니다."

"이곳을 빠져나간 놈들은 없겠지?"

"예, 쥐새끼 하나 빠져나가지 못했습니다."

"하면 저기에 숨어 있다는 말이겠군."

공손초가 아직까지 점령되지 않은 내원의 전각을 바라보며 말했다.

그곳으로 향하는 길목에 독고무가 있었다.

독고무의 곁을 든든히 지키던 무영은 이미 정신을 잃고 쓰러진 상태였고 진산우가 세가의 식솔들을 지휘하고 있었지만 그 역시 금방이라도 쓰러져도 이상하지 않을 정도의 많은 부상을 당한 상태였다.

"설악을 불러오너라."

"아직 부상이⋯⋯."

"충분한 시간을 주었다. 완전한 상태로 돌아오지는 못했겠지만 저런 중상을 입을 놈들을 상대하지 못한대서야 말이 되지 않지."

말이 끝나기가 무섭게 공손설악의 음성이 들려왔다.

"맞습니다, 당숙."

이미 그가 와 있는 것을 알고 있었다는 듯 공손초는 갑작스런 공손설악의 등장에도 전혀 동요하지 않았다.

"왔느냐?"

"예."

"몸 상태는 어떠냐?"

"괜찮습니다."

"보이느냐? 네 방심이 부른 결과다."

공손초가 내상을 다스리기 위해 고통스런 얼굴로 운기조식을 하고 있는 공손림과 그 옆에 팔을 잃고 앉아 있는 섭종을 가리키며 말했다.

"내가 아끼는 수하들은 물론이고 네가 데리고 온 혈뢰단 아이들까지 거의 당했다."

"죄송… 합니다."

공손초가 부리는 자들이야 어찌 되든 전혀 상관없었지만 피붙이만큼이나 아낀 수하들이 목숨을 잃었다는 말에 공손설악의 마음은 찢어질듯 아팠다.

"저로 인해 벌어진 일입니다. 제가 수습하겠습니다."

"지켜보겠다. 설마 이번에도 같은 실수를 하지는 않으리라 본다."

자신이 저지른 일이 있기에 공손설악은 차갑게 내뱉는 공손초의 말에도 아무런 대꾸를 하지 못했다.

가만히 허리를 숙인 공손설악이 큰 부상에도 불구하고 여전히 전의를 잃지 않고 있는 독고무를 향해 천천히 걸음을 옮겼다.

그의 뒷모습을 물끄러미 바라보던 공손초가 중얼거렸다.

"네놈도 어차피 끝났다. 이제 와서 독고무를 잡는다고 해도 아무런 의미도 없어. 내게 목숨빚도 있고 말이지."

후계구도에서 상당히 가능성이 높았던 공손설악의 낙마는 상대적으로 큰 호재였다.

공손초의 입가에 의미심장한 미소가 맴돌았다.

"커흑!"

나직한 신음과 함께 독고무의 신형이 크게 흔들렸다.

독고무의 어깨에 일격을 날린 공손설악이 갈라진 음성으로 소리쳤다.

"내가 원한 건 이런 게 아니었다. 피아를 떠나 좀 더 멋들어진 대결을 원했다. 단순한 승패를 결정짓는 싸움이 아니라 무인으로서 평생 기억에 남을 만한, 전율감을 느낄 수 있는 싸움을 하고 싶었단 말이다. 그런데 너라는 놈은……."

그가 상대방을 인정하며 실력을 칭찬했을 때 돌아온 것은 기습적인 공격과 그로 인한 부상.

장장 세 시진이 넘는 시간 동안 한쪽 전장에 틀어박혀 부상을 치료했지만 정상적인 몸을 찾으려면 얼마나 오랜 시간이 걸려야 할지 몰랐다.

"여전히 말이 많은 놈이군. 헛소리 집어치우고 덤벼. 아니면 그냥 꺼지든가."

독고무가 힘든 기색이 역력한 음성으로 대꾸했다.

솔직히 그냥 꺼졌으면 싶었다.

공손설악이 아무리 정상적인 상태가 아니더라도 지금의 몸 상태론 어림도 없는 상대였다.

첫 번째 공격을 제대로 막지 못한 것만 봐도 증명이 되었다.

"그 헛바닥부터 끊어주지."

공손설악이 독고무를 향해 돌진했다.

취혼마수를 통해 시전되는 혈뢰경천수의 위력은 독고무가 일으킨 도강마저 반 토막 낼 정도로 날카롭고 막강한 힘을 자랑했다.

지금의 몸 상태로 정면 대결은 어렵다고 판단한 독고무가 황급히 발걸음을 놀렸다.

그 어떤 상황에서도 천마를 지켜냈다는 천마보였으나 부상의 여파인지 전과는 움직임 자체가 틀렸다.

겉으로 보기엔 여전히 묵직하면서도 힘 있는 움직임이었으나 공손설악의 공격을 피해내기엔 분명 무리가 있었다.

꽝!

취혼마수가 군림도와 부딪치며 강렬한 충돌음을 만들어

냈다.

지금껏 막강한 힘을 자랑했던 군림도가 너무도 힘없이 튕겨지고 힘을 잃지 않은 취혼마수가 독고무의 얼굴을 훑고 지나갔다.

충돌의 여파를 이기지 못한 독고무의 신형이 급격히 비틀거렸다.

취혼마수에 스친 얼굴에서 피가 뿌려졌다.

그런데 신음이 터져 나온 것은 오히려 공손설악의 입에서였다.

공손설악은 움푹 파인 옆구리를 보며 오만상을 찌푸렸다.

호신강기로 보호했음에도 갈비뼈 서너 개는 족히 부러져 나간 것 같았다.

독고무는 천마멸강수(天魔滅剛手)에 적중당했으면서도 그다지 큰 충격을 받지 않은 공손설악을 보며 쓴웃음을 짓고 말았다.

독고무의 시선이 자연적으로 공손설악의 손에 착용되어 있는 취혼마수, 아니, 천마수로 향했다.

'천마수만 착용할 수 있었다면…….'

너무도 아쉬웠다.

천마수를 지닐 수 있었다면 모든 상황이 달라졌으리라.

독고무는 맹수처럼 사나운 표정으로 달려드는 공손설악을 보며 더 이상의 대항을 포기했다.

지그시 눈을 감는 독고무의 입에서 나직한 탄식이 흘러나왔다.

의협진가를 끝까지 지켜내지 못했기에 친우에게 미안했다.

복수를 해주지 못해 섬전검과 삼안마도에게 미안했다.

자신만을 믿고 바라보며 언젠가 천마신교를 다시 찾을 기대에 부풀어 있던 모든 이에게 미안했다.

약간은 무뚝뚝한 얼굴을 지닌 진유검의 얼굴이 떠올랐다.

마치 복수는 내가 해줄 테니 너무 억울해하지 말고 편히 가라는 것 같았다.

독고무의 입가에 미소가 지어졌다.

죽음마저 초월한 바로 그 순간, 공손설악의 취혼마수가 독고무의 가슴을 뚫고 심장을 움켜쥐려는 찰나 거친 바람이 그와 공손설악을 덮쳤다.

독고무는 자신의 몸이 거칠게 흔들리는 것을 느끼곤 가만히 눈을 떴다.

익숙한 얼굴이 자신을 내려다보고 있었다.

"젠장! 천하의 독고무가 이 꼴이 뭐요? 한쪽 눈은 또 어디에 팔아먹은 거고."

전풍의 신경질에 독고무의 입가에 미소가 지어졌다.

"그렇게 됐다. 그런데 네 꼴도 만만치는 않아."

독고무가 피로 뒤덮인 전풍이 상체를 보곤 아직도 피가 흘러내리고 있는 왼쪽 어깨로 손을 뻗었다.

"만지지 마쇼. 더럽게 아프니까."

전풍이 인상을 확 찌푸렸다.

"누구한테 당한 거냐?"

"모르오. 이곳으로 달려오는데 별 거지같은 놈이 공격을 합디다. 시간만 있었으면 아주 박살을 내주는 건데."

말은 그리하면서도 전풍은 목이 잘릴 뻔한 그 순간을 잊지 못했다.

조금만 반응이 늦었다면 지금껏 살아 있지 못했을 것이다.

"하지만 그쪽보다는 이쪽이 더 심각한 것 같다."

독고무가 살이 뭉텅 잘려 나간 허벅지를 보며 웃었다.

흘러내리는 피의 양과 색깔이 진한 것을 보니 아마도 자신을 구하는 찰나 공손설악의 공격에 당한 것 같았다.

"지금 웃음이 나오쇼?"

전풍이 눈을 부라리며 소리쳤다.

"그냥 우리의 꼴이 우스워서 그런다. 무영도에 있을 때만 해도 상상도 할 수 없었던 일 아니냐?"

피식 웃음을 터뜨리는 독고무의 모습에 전풍도 쓴웃음을 짓고 말았다.

"그건 그렇소. 하지만 지금은 그걸 따질 때가 아니오. 당장 살아남는 것이 중요한 거지."

전풍은 맹렬한 속도로 자신을 쫓아오는 공손설악을 보며 한숨을 내쉬었다.

독고무를 안고서는, 게다가 허벅지에 큰 부상을 당한 상태라 도주를 할 수도 싸울 수도 없었다.

전풍은 독고무를 아군 진영에 던지듯 맡기곤 공손설악을 상대하기 위해 움직였다.

"그 몸으로 괜찮겠냐?"

독고무가 걱정스레 물었다.

"내가 형님인 줄 아나. 이 정도 부상은 부상도 아니니까 걱정하지 마쇼. 그리고 난 그냥 시간만 끌 뿐이오. 조금만 버티면 저놈은 물론이고 이곳을 공격한 쓰레기들은 염라대왕을 만나게 될 거요."

전풍의 말뜻을 알아들은 독고무의 얼굴이 환해졌다.

"녀석도 온 거냐?"

"왔소. 그러니 쓸데없는 걱정 말고 몸이나 챙겨요. 주군께서 이 꼴을 보면 참으로 좋아하겠소. 젠장!"

전풍은 사실상 회복하기 힘든 부상을 당한 독고무의 한 쪽 눈을 보며 괜히 심술을 부렸다.

그러거나 말거나 독고무는 기분이 좋았다.

오랜만에 보는 친구에게 할 말이 생긴 것이다.

내가 지켜냈다고.

*　　*　　*

동정호 군산 인근 천강도.

양지바른 곳에 조그만 무덤이 생겼다.

왕후장상의 능처럼 거대하거나 화려하지는 않았지만 무덤을 만든 이의 정성이 느껴질 정도로 소박하고 깔끔하게 정돈된 무덤이다.

무덤 앞에서 간단히 제사를 지낸 네 사람이 몸을 돌려 천추정에 올랐다.

"다른 이들에겐 연락을 했나?"

천강일좌 문청공이 물었다.

"예, 육좌는 조금 시간이 걸리겠지만 이좌께선 수삼 일 내로 도착할 겁니다."

천강이좌 조단이 조용히 대답했다.

"후. 참으로 사려 깊은 아이였는데 이런 모습으로 돌아올 줄은 생각도 못했어."

"그러게 말입니다. 어찌 이런 일이……."

늘 밝은 표정이었던 조단의 얼굴엔 수심이 가득했다.

"한데 어찌하실 생각입니까?"

조단이 문청공에게 물었다.

"자네는 어찌 생각하는가?"

"세외사패가 일통이 되었고 무림을 노린다면 우리들 또한 당연히 움직여야 한다고 생각합니다. 그것이 천강십이좌의 존재 이유니까요."

"그렇겠지. 노부 또한 그리 생각하네. 저들의 힘이 하나로 뭉쳤으니 과거와는 비교조차 되지 않는 혈풍이 불 것이야. 게다가 무림삼비라니."

문청공이 장탄식과 더불어 고개를 절레절레 흔들었다.

지난밤, 유상의 목을 들고 천강도에 도착한 여우희와 곽종으로부터 무림삼비에 대해 들었을 때 얼마나 놀랐던가.

도저히 믿어지지 않는 말이기에 몇 번이고 같은 질문을 되풀이하기도 했다.

"무엇보다 우리가 도움이 될지 모르겠네. 저 아이들의 말대로라면 루외루의 무공은……."

문청공이 말끝을 흐렸다.

천하에 상대하지 못할 자가 없다는 자부심으로 일평생을

보냈던 문천공은 루외루의 출현에, 그리고 그들이 지닌 엄청난 무공에 큰 충격을 받은 상태였다.

"일단 이좌와 육좌의 의견을 들어보기는 해야겠지만 유상의 죽음을 외면해선 안 될 것입니다."

조단이 유상의 죽음으로 인해 분위기마저 확 변한 여우희와 곽종을 살피며 말했다.

"그리고 우리에겐 수호령주가 있습니다. 수호령주와 함께라면 그 어떤 적이라도 상대할 수 있으리라 봅니다."

일전의 만남에서 진유검이 얼마나 뛰어난 무공을 지니고 있는지 확인을 하였으나 여우희와 곽종을 통해 다시금 확인한 진유검의 무공은 가히 상상도 할 수 없는 경지였다.

특히 절대고수라고 할 수 있는 삼선의 협공을 간단히 무력화시켰다는 대목에선 온몸에 전율이 일 정도였다.

무겁게 고개를 끄덕이던 문청공이 여우희에게 고개를 돌렸다.

"의협진가가 무사할는지 모르겠구나."

"령주님과 전풍의 속도를 감안했을 때 지금쯤이면 무창에 도착하셨을 겁니다. 문제는 의협진가가 그때까지 버텨낼 수 있느냐는 것이겠지요."

여우희의 안색이 절로 어두워졌다.

"의협진가다. 믿어보자꾸나."

문청공이 조용히 말했지만 가능성이 그리 높지 않음은 그 역시 알고 있는 듯했다.

＊　　　＊　　　＊

　쿵. 쿵. 쿵.

　뒷걸음질 치는 공손설악의 얼굴이 경악으로 물들었다.

　그의 눈이 쥐새끼처럼 날뛰던 전풍에게 결정적인 일격을 날리려는 순간, 갑자기 끼어들어 방해를 한 사내를 향했다.

　지금껏 혈뢰경천수를 아무렇지도 않게, 그것도 무기를 사용한 것도 아니고 단순히 육장(肉掌)만으로 감당해 내는 상대는 루주 외에 본 적이 없었다.

　게다가 취혼마수를 통해 전해지는 이 은은한 통증이라니!

　"너, 너는 누구냐?"

　정체를 묻는 공손설악의 음성이 절로 떨렸다.

　절체절명의 순간에서 전풍의 목숨을 구해낸 진유검은 공손설악의 말에 대꾸도 하지 않았다.

　그의 눈은 오직 피투성이가 된 전풍에게 향해 있었다.

　"괜찮은 거냐?"

　"주군 눈엔 이게 괜찮게 보이오?"

목소리가 상당히 까칠했다.

"대체 뭐하느라 이제 나타난 거요? 젠장, 조금만 늦었으면 염라대왕하고 친구 할 뻔했잖소."

전풍이 투덜거리는 사이에도 진유검의 눈은 그의 부상을 빠르게 살폈다.

칼에 벤 어깨의 상처는 심한 것 같지 않았지만 허벅지와 옆구리 쪽의 부상은 생각보다 깊어 보였다.

상처 부위의 흔적을 보니 도검에 당한 부상이 아니다.

진유검의 시선이 공손설악이 착용하고 있는 취혼마수로 잠시 향했다.

"상… 황은?"

진유검이 긴장된 음성으로 물었다.

"막심한 피해를 당한 것 같기는 한데 그래도 버텨낸 것 같습니다. 할아버님도 무사하신 것 같고요."

차마 조부의 안위에 대해 묻지 못하던 진유검의 마음을 헤아린 것인지 전풍이 얼른 대답해 줬다.

"늦지 않았다니 다행이다."

조부가 무사하다는 소식을 들은 진유검의 음성과 표정이 한결 가벼워졌다.

"그런데 이게 누구 덕분인 줄 압니까?"

"네가 고생했다는 건 안다."

자신보다 앞서 달려온 전풍이 생색을 낸다고 생각해서인 지 진유검이 전풍의 어깨를 툭 치며 웃었다.

"내가 아닙니다."

"네가 아니면?"

"독고 형님이 이곳에 있습니다."

진유검의 몸이 그대로 굳었다.

"그 녀… 석이 왜?"

"그거야 나도 모르지요. 아무튼 독고 형님 아니었으면 버 티지 못했을 겁니다."

진유검이 고개를 좌우로 흔들며 독고무를 찾았다.

어느 곳에도 독고무의 모습은 보이지 않았다.

"부상을 당했습니다. 조금 심합니다."

전풍은 진유검의 얼굴이 무섭게 일그러지는 것을 보며 빠르게 말을 이었다.

"그래도 생명에는 지장이 없는……."

전풍은 말을 잇지 못했다.

진유검이 갑자기 그의 몸을 낚아채며 아직도 싸움이 벌 어지고 있는 곳으로 움직인 것이다.

공손설악이 그들의 앞을 가로막으려 했지만 진유검의 분 노가 담긴 무흔지는 공손설악을 한참이나 뒷걸음질 치게 만들었다.

의협진가의 마지막 생존자들이 벌이고 있는 전장을 확인한 진유검이 그대로 검을 날렸다.

거의 이십여 장의 거리가 있었지만 빛살처럼 날아간 검은 의협진가의 최후를 자신의 손으로 끝장내기 위해 미친 듯이 날뛰는 산적들을 매섭게 훑고 지나갔다.

외마디 비명이 곳곳에서 터져 나왔다.

진유검이 돌아온 검을 회수했을 때 무려 육십 명에 이르는 산적이 싸늘한 시신이 되어 쓰러졌다.

엄청난 충격과 공포가 전장에 휘몰아쳤다.

그토록 치열하던 싸움은 일거에 멈춰졌고 모두의 시선이 진유검에게 향했다.

행여나 또 다른 공격이 이어질까 두려워한 산적들은 이미 공격을 멈추고 꽁무니를 뺄 준비를 하고 있었다.

부상으로 물러난 섭종을 제외하고 유일하게 살아남은 혈뢰단원이 괴성을 지르며 달려들었다가 진유검의 몸에서 뿜어진 기운을 감당치 못하고 절명한 것도 그들의 공포감을 극대화시켰다.

노구를 이끌고 전신을 피로 물들인 채 마지막 전장을 이끌던 진산우의 모습을 확인한 진유검이 입술을 꽉 깨물었다.

"할아버지."

격동에 가득찬 목소리가 파르르 떨렸다.

"그래, 풍이 녀석이 왔을 때부터 예상은 했지만 네가 와 주었구나."

진산우가 부드러운 웃음으로 진유검을 반겼다.

왈칵 쏟아질 것 같은 눈물을 애써 참은 진유검이 주변을 둘러보았다.

당연히 보여야 할 얼굴들이 보이지 않았다.

가슴 저 밑바닥에서부터 뭔가가 치솟기 시작했다.

"무가 와 있다고 들었습니다."

"왔다. 녀석이 아니었으면 이 할애비는 물론이고 이곳에 있는 그 누구도 살아남지 못했을 게다. 이 은혜를 어찌 갚을지……."

진산우의 음성이 끝나기 전, 독고무가 사람들을 헤치고 천천히 걸어왔다.

"은혜라고 말씀하시면 제가 섭합니다, 할아버님."

피로 물들은 묵빛 전포는 갈가리 찢겨져 나갔고 늘 단정하게 묶여 있던 흑발은 피와 먼지로 뒤엉켜 아무렇게나 흩어져 있었다.

특히 한쪽 얼굴을 가리고 있는 붕대가 눈에 띄었다.

흰색이었던 붕대는 상처에서 흘러나온 피로 인해 붉게 물들어 있었다.

"대체 어째서 네가 여기에 있던 거냐?"

"우연히. 잠시 무창에 들렀다가 의협진가가 공격을 받는다는 소식을 듣고 왔다."

"그래서 섬전검 어르신이 무창에 계셨던 것이군."

"어찌 알았어?"

"길을 막던 놈이 얘기하더라. 제 놈이 섬전검 어르신을 베었다고."

독고무의 눈에서 한광이 뿜어져 나왔다.

"그래서? 그놈을 가만히 뒀어?"

"그럴 리가. 놈을 섬전검 어르신께 보내드리고 오느라 조금 더 늦은 거다."

"잘했다. 너라도 복수를 해주었으니 편히 눈을 감겠지. 삼안마도의 원한도 풀어줘야 하는데."

독고무가 씁쓸히 말했다.

"설마 삼안마도 어르신도?"

진유검이 놀라 되물었다.

"그래."

독고무의 힘없는 대답에 진유검의 입에서 나직한 침음이 흘러나왔다.

복천회의 전력에 있어 섬전검과 삼안마도가 차지하는 비중은 그야말로 절대적.

그런 두 사람이 복천회와는 전혀 상관없는 의협진가의 싸움에 엮여 목숨을 잃은 것이다.

"한데 그 눈은 어찌 된 거냐?"

섬전검과 삼안마도의 죽음에 침통한 표정으로 한숨을 내쉬던 진유검이 눈을 감싼 붕대를 가리키며 물었다.

"그렇게 됐다."

많은 의미가 담긴 대답이었다.

진유검은 독고무의 대답에서 그가 그저 단순히 부상을 당한 것이 아니라 아예 눈을 잃었다는 것을 알아챘다.

진유검의 눈에 담긴 슬픈 기색을 눈치챈 독고무가 애써 웃으며 말했다.

"그런 눈으로 보지 마라. 아직 한쪽 눈은 건재하다."

말이 좋아 건재한 것이지 무인이 눈을 잃는다는 것이 어떤 의미인지 모르는 사람은 아무도 없었다.

두 눈으로 보는 것과 한 눈으로 보는 것은 하늘과 땅만큼이나 큰 차이가 있다.

언젠가는 그 간극을 좁힐 수 있겠지만 그 과정에서 얼마나 많은 노력이 필요할지는 가늠조차 되지 않았다.

어쩌면 영원히 좁히지 못할 수도 있었다.

진유검이 아무런 대꾸도 하지 못하자 독고무가 손을 뻗어 그의 어깨를 잡았다.

"한쪽 눈을 잃은 대신 이곳을 지켜냈잖아. 그것으로 난 충분하다."

"그래, 네가 지켜냈다."

"맞아. 내가 지켰다. 네게 이렇게 말을 할 수가 있어서 정말 기쁘다."

독고무가 가슴을 탕탕 쳤다.

"생색은."

"이렇게 고생했는데 생색이라도 내야지."

"잘났다."

"흐흐흐!"

농담을 주고받던 진유검과 독고무는 서로를 마주보며 활짝 웃었다.

"정담은 나중에 나누고 저것들이나 어떻게 좀 해봐요. 그냥 보낼 겁니까?"

진유검과 독고무의 행동에 배알이 뒤틀린 전풍이 수상한 움직임을 보이고 있는 적진을 가리키며 말했다.

"그럴 수야 있나. 올 때는 마음대로 올 수 있을지 몰라도 갈 때는 절대로 그럴 수 없지."

진유검이 스산한 살기를 뿜어내며 웃었다.

독고무가 적진을 향해 움직이려는 진유검의 팔을 잡으며 전음을 보냈다.

[부탁이 있다.]

갑작스런 전음에 놀란 진유검이 눈을 크게 뜨고 독고무를 바라보았다.

[내게 꼭 필요한 물건을 지닌 놈이 있다.]

[무슨 물건인데? 어떤 놈이 가지고 있는 건데?]

[나와 전풍을 이리 만든 놈이지.]

독고무의 전음이 끝나기도 전에 진유검의 날카로운 시선은 공손초와 심각한 얘기를 나누다 천천히 몸을 돌리는 공손설악에게 향했다.

[놈이 손에 찬 물건을 말하는 거냐?]

[그래, 천마 조사님의 물건이다.]

천마라는 말에 진유검의 몸이 움찔했다.

그리고 독고무가 그 물건을 얼마나 간절히 원하는지도 느낄 수 있었다.

[걱정하지 마라. 반드시 가져다주마.]

진유검의 다짐을 받은 독고무의 얼굴에 미소가 지어졌다.

공손설악의 손에 착용되어 있는 천마수가 어느새 자신의 손에 들어온 것 같았다.

33장

천마수(天魔手)

"그, 그게 사실이냐?"

혈륜전마가 경악에 가득 찬 음성으로 물었다.

"그렇습니다. 확실한 정보입니다. 선발대는 이미 항주 인근까지 접근한 것으로 보입니다."

막심초의 대답에 혈륜전마가 불같이 화를 냈다.

"놈들이 이곳까지 접근하는 동안 대체 너는 무엇을 했단 말이냐?"

"죄, 죄송합니다."

복천회의 정보를 관장하는 수장으로서 막심초는 입이 열

개라도 할 말이 없었다.

"적의 규모는 파악이 되었느냐?"

마도제일뇌 사도은이 심각한 얼굴로 물었다.

"정확한 규모는 파악하지 못했지만 선봉을 이끄는 적의 수장은 확인이 되었습니다."

"누구냐?"

"혈천마부입니다."

막심초의 대답과 동시에 곳곳에서 신음과 같은 비명이 흘러나왔다.

"능자수, 그놈이 선봉에 섰단 말이지?"

천마신교 당시부터 사이가 좋지 않던 악휘가 진하디 진한 살소를 흘리며 물었다.

"예, 그건 확실합니다."

막심초가 얼른 고개를 끄덕였다.

"상황이 심각하군. 혈천마부가 나섰다면 최정예가 나섰다고 해도 무방한 것 아닌가?"

혈류전마 물음에 사도은이 무겁게 고개를 끄덕였다.

"그렇겠지. 우리가 완전히 판단을 잘못한 것 같네. 놈들을 너무 얕보았어."

사도은이 한숨을 내쉬었다.

"얕본 게 아니라 작금의 상황에서 공격을 하려는 그놈들이 미친 것일세. 무황성 지부가 있는 것을 무시할 순 있다고 해도 세외사패가 언제 공격을 해올지 모르는 상황에서 이곳을 공격한다는 것은 말이 되지 않아."

악휘가 언성을 높이자 사도은이 차분히 고개를 저었다.

"미친 게 아니라 무서운 거네."

"무슨 뜻인가?"

사도은의 표정이 심상치 않다고 여긴 악휘가 애써 분노를 가라앉히며 물었다.

"놈들은 지금 십마대산을 포기할 생각인 거야."

"십만대산을 포기하다니 무슨 말이지 이해가 가지 않는군."

"세외사패가 무림을 침공한다고 가정했을 때 십만대산은 필연적으로 남만의 야수궁과 부딪칠 수밖에 없네."

"아무래도 그렇겠지."

"과거에도 가장 치열한 싸움을 벌인 사이였지."

혈륜전마와 악휘가 동시에 고개를 끄덕였다.

"놈들도 그것을 예상하고 있을 것이네. 세외사패의 침공이 예견되어 있는 지금 그럼에도 불구하고 병력을 이동시켜 우리를 친다는 것은 결국 십만대산을 포기한다는 선언과도 같은 것일세."

"말도 안 돼. 어찌 십만대산을 포기할 수 있단 말인가!"

악휘가 몸을 부르르 떨었다.

"우리에게야 더없이 소중한 곳이지만 놈들에겐 그렇지 않으니까."

"아무리 그렇다고 해도……."

혈륜전마는 차마 말을 잇지 못했다.

"어쨌든 일은 벌어졌네. 막을 방법도 없고 망설일 시간도 없네. 어서 대책을 세워야 해."

사도은이 더없이 심각한 표정으로 입을 열었다.

"하필이면 이런 순간에 소존께서 자리를 비우셨으니."

장탄식을 내뱉은 혈륜전마가 막심초에게 명을 내렸다.

"무창에 계신 소존께 당장 이 사실을 알려라."

"알겠습니다."

사도은이 황급히 물러나려는 막심초를 불러 세웠다.

"무창 지부장에게 일러 인근에 쓸 만한 장소를 물색하라 전해라."

"쓸 만한 장소라면……."

혈륜전마가 의문 가득한 얼굴로 바라보자 사도은이 조용히 대답했다.

"아직은 정면으로 상대할 수 없네. 여차하면 무창으로 옮기는 방법도 생각해 볼 문제일세."

혈륜전마와 악휘는 물론이고 막심초까지 황당한 표정으

로 사도은을 바라보았지만 앞으로의 일에 대해 고민을 하기 시작한 사도은은 그들의 반응에 신경조차 쓰지 않았다.

*   *   *

"네가 진유검이냐?"

공손설악의 물음에 진유검이 고개를 끄덕였다.

"맞다."

순간, 공손설악의 눈빛이 크게 흔들렸다.

걱정했던 대로 갑자기 전장에 뛰어든 상대는 최근 들어 무림을 뒤흔들고 있는 수호령주 진유검이었다.

이는 곧 그를 격살하기 위해 움직인 삼선이 그들의 임무에 실패했다는 것을 의미했다.

공손설악이 심호흡을 하며 물었다.

"삼선께선 어찌 되셨나?"

"삼선? 세쌍둥이 영감을 말함인가?"

"그렇다."

"지옥에 가면 만나게 될 것이다."

진유검의 차가운 대답에 공손설악은 자신도 모르게 몸을 떨었다.

재빨리 한 걸음 물러난 공손설악이 공손초를 향해 고개

를 돌렸다.

힘없이 고개를 젓는 공손설악의 모습에 진유검의 눈빛이
반짝였다.

조금 전, 공손초와 심각하게 얘기를 나누던 공손설악의
모습이 기억났다.

"도망칠 생각인 모양이군."

진유검의 말에 공손설악은 부인하지 않았다.

공손설악이 슬며시 걸음을 옮겨 아군으로 향하는 길목을
차단하고 전신의 내력을 끌어모으는 것을 확인한 진유검의
입가에 차가운 비웃음이 걸렸다.

공손초와 공손설악이 나눈 대화의 내용도 짐작할 수 있
었다.

"홀로 시간을 끌고 다른 사람들이 도주할 시간을 벌어주
겠다는 생각 같은데 웃기는군. 내가 그걸 용납할 것이라 생
각한 건가?"

"용납하게 될 것이다."

공손설악이 스스로에게 다짐하듯 말했다.

삼선이 꺾인 시점에서 이미 자신에게 승리할 가능성이
없다는 것은 그도 알고 있었다.

그래도 아군이 도주할 시간을 벌어줄 능력은 된다고 생
각했다.

'아쉽군. 이 녀석을 위해서라도 꼭 천인혈을 취하고 싶었는데.'

공손설악이 취혼마수를 가볍게 쓰다듬었다.

주인의 마음을 알아주기라도 하듯 취혼마수에서 은은한 떨림이 전해졌다.

그 떨림을 기쁘게 받아드린 공손설악이 진유검을 향해 손을 뻗었다.

취혼마수에서 뻗어 나간 장력이 묵직한 파공성을 내며 진유검을 압박했다.

혈뢰경천수 중에서도 변화가 가장 심하면서도 날카로운 혈뢰화(血雷花)였다.

핏빛 수영이 공간을 가득 채우는 것을 확인한 진유검도 손을 뻗었다.

삼선을, 공손망의 마지막 숨통을 끊어 놓은 연화장.

혈화와 연화가 허공에서 얽히는 광경은 실로 장관이었다.

꽈꽈꽝!

거친 폭음과 함께 주변으로 뿌연 먼지가 일었다.

허공을 화려하게 수놓았던 꽃들이 순식간에 사라졌다.

하지만 그것이 중요한 것이 아니었다.

공손설악은 눈앞에 있던 진유검이 어느새 자신을 우회해

퇴각하고 있는 아군을 향해 내달리고 있음을 눈치챘다.

"망할!"

공손설악이 낭패한 얼굴로 진유검의 뒤를 쫓았다.

애당초 진유검은 의협진가를 침탈한 자들을 곱게 돌려보낼 생각이 없었다.

공손설악을 쓰러뜨리고 쫓을 생각도 해보았지만 자칫 시간이라도 지체하면 도주에 성공하는 자가 생길 수도 있었다.

그렇다고 전력을 다해 공손설악을 쓰러뜨리다 천마수가 망가지면 그것도 큰 문제였다.

결국 그의 선택은 공손설악과의 싸움을 가장 뒤로 미루는 것이었다.

"노, 놈이 옵니다."

공손초를 호종하고 있던 독응이 거리를 좁혀 오는 진유검을 확인하곤 놀라 부르짖었다.

"동초완, 혈아! 네놈들은 뭘 하고 있느냐!"

공손초의 살기 띤 외침에 각 산채와 낭인들의 우두머리를 지휘하고 있던 동초완과 혈아의 몸이 움찔했다.

공손초가 목숨을 잃는다면 살아남는다고 해도 결코 산 것이 아니다.

생각할 것도 없었다.

"놈을 막아라! 당장!"

"하, 하지만 공포에 질려 말을 듣지 않……."

변명을 하려던 산채 수장의 목이 그대로 잘려 나갔다.

"명령을 거부하면 이 자리에서 죽을 것이다. 아울러 산채에 머물고 있는 네놈들의 식솔들마저 모조리 죽여 들개 밥으로 만들어주마."

동추완의 살기 어린 외침에 저마다 눈치를 보고 있던 산채의 우두머리들이 수하들에게 다급히 명을 내렸다.

머뭇거리는 수하가 있으면 동추완이 그랬던 것처럼 그 자리에서 목을 쳤다.

맞은편에 자리하고 있던 낭인 무리에서도 같은 일이 벌어지고 있었다.

산적들보다 훨씬 많은 자의 피를 보고서야 혈아의 명이 제대로 섰다.

근 삼백에 이르는 녹림도와 낭인들이 진유검의 발걸음을 막기 위해 나섰다.

진유검은 들판을 가득 메우고 달려오는 적들은 전혀 신경 쓰지 않고 그대로 돌진했다.

최초 충돌과 함께 십여 명이 넘는 산적의 목이 허공으로 치솟았다.

두 번째 충돌에선 그보다 배는 많은 자의 숨통이 끊어

졌다.

진유검을 막기 위해 겹겹이 구축하던 방어막은 어찌 수습할 여력도 없이 그대로 무너져 버렸다.

동추완과 혈아가 개중 실력이 뛰어난 우두머리들을 이끌고 필사적으로 공격을 해보았지만 아무도 진유검의 일검을 감당하지 못했다.

단섬은 눈에 보이지도 않을 정도로 빨랐고 폭뢰는 한번 시전될 때마다 주변 삼장을 초토화시켰다.

섬전처럼 빠르고 폭풍처럼 막강한 힘을 담은 진유검의 공격은 그 어떤 반항도 용납하지 않았으니 전장엔 그저 일방적인 학살만이 존재했다.

순식간에 백여 명의 동료가 죽어나가자 죽음보다 더한 공포가 산적들과 낭인들을 사로잡았다.

공포는 곧 살고자 하는 본능으로 바뀌었고 저마다 무기를 던지며 뒷걸음질을 치기 시작했다.

싸움을 독려하는 이들이 물러나는 이들의 목을 가차없이 베어버렸지만 모두의 목을 벨 수는 없는 노릇.

종내에는 그마저 무기를 버리고 도망자 대열에 합류했다.

"아, 안 돼! 어서 돌아…….."

붕천의 위력에서 간신히 살아남은 동추완이 도주하는 산

적들을 막으려 했으나 오히려 그들의 발에 짓밟혀 목숨을
잃고 말았다.

"저! 저!"

방어막이 순식간에 무너지고 산적들과 낭인들이 도주를
하자 이를 지켜보는 공손초의 낯빛도 하얗게 변해 버렸다.

"독응."

"예, 장로님."

"놈을 막아라."

공손초의 명을 들은 독응은 잠시 몸을 떨었으나 이내 결
연한 표정으로 변했다.

"무사하시길."

공손초에게 예를 표한 독응이 마지막 남은 호위대를 둘
러보며 소리쳤다.

"나를 따르라."

독응의 외침에 일곱 명의 호위대가 재빨리 앞으로 나섰
다.

"너희도 도와."

공손림이 자신을 보호하고 있는 수하들에게 소리쳤다.

열세 명의 수하는 자신들의 마지막 임무임을 예감한 것
인지 공손림에게 정중히 예를 표하곤 독응을 따라 움직였
다.

"그래, 그렇게 나와야지."

산적들과 낭인들로 이뤄진 일차 방어막을 간단히 뚫어낸 진유검이 자신을 막기 위해 몸을 돌린 루외루의 무인들을 보며 속도를 높였다.

그 모습을 본 이들의 얼굴이 공포감으로 물들었다.

아직 한참의 거리가 있음에도 전해져 오는 기백이 장난이 아니었다.

엄청난 압박감에 숨도 제대로 쉬지 못할 정도였고 긴장감에 무기를 든 손이 저려왔다.

"우리는 이 자리에서 죽는다. 하지만 억울해하지 마라. 우리는 대업의 밑거름이 되는 것이며 복수는 루에서 반드시 해 줄 것이다."

독웅이 손에든 검집을 버리며 소리쳤다.

그를 따르는 스무 명의 무인도 일제히 검집을 버렸다.

어차피 피할 수 없는 길, 죽음을 각오하고 나니 숨도 편안해지고 손끝의 저림도 서서히 사라졌다.

"나를 따르라!"

힘차게 외친 독웅이 진유검을 향해 가장 먼저 달려나갔다.

두려운 눈으로 쳐다보던 뒤를 따르는 이들의 입에서 악에 받친 함성이 터져 나왔다.

*　　　*　　　*

　"다른 사람도 아니고 삼선이 당하다니. 이걸 믿어야 한단 말인가!"

　공손규의 탄식이 회의실을 울렸지만 아무도 입을 열지 못했다.

　그저 답답한 표정으로 침묵을 지킬 뿐이었다.

　"그게 마지막 전갈이었나?"

　공손후가 물었다.

　"하나가 더 있었습니다."

　"뭐라던가?"

　"수호령주의 움직임이 너무 빨라 수호령주가 아닌 뒤에 남은 수하들의 뒤를 쫓겠다는 내용이었습니다. 비상 요원이 따라붙었지만 아무래도 미덥지 않다는군요."

　"수하들의 정체가 무황성의 감춰진 힘이라 일컬어지는 천강십이좌로 의심된다고 했던가?"

　"확실하진 않지만 십중팔구는 그렇게 판단하고 있습니다."

　"그렇다면 확실히 비상의 아이들로선 역부족이지. 옳은 판단이군."

공손후의 시선이 이명에게 향했다.

"십살, 아니, 초성의 활약이 실로 대단합니다, 장로님."

"별말씀을. 혼자 살아남은 것이 부끄러워 나름 애를 쓰는 모양입니다."

이명이 헛기침을 하며 고개를 저었지만 그래도 기꺼워하는 표정만큼은 감출 수가 없었다.

진유검의 미끼로 낙점되어 간신히 목숨을 구한 십살.

어릴 적부터 이명의 살예를 전수받고 차기 음부곡의 곡주로 내정되어 일찌감치 음부곡에 입곡한, 음부곡에서도 곡주와 사대장로만 알고 있었던 십살의 진정한 정체는 다름 아닌 이명의 손자 이초성이었다.

"한데 루주. 천강십이좌의 정체를 밝히는 것은 둘째치고 우선은 곡주를 구해야 하지 않겠소?"

공손규가 근심 어린 음성으로 묻자 공손창도 한마디 거들었다.

"형님과 같은 생각이네. 명색이 본가의 장손이자 루외루의 후계자일세. 이대로 무황성으로 끌려가게 둘 수는 없지 않은가."

"그 문제는 제가 알아서 처리하겠습니다."

공손후가 약간은 곤혹스런 표정으로 대답했다.

"서두르셔야 할 것이네. 곡주가 있는 곳에서 무황성까지는 금방이야."

공손창이 거듭해서 곡주의 문제를 언급하자 공손후의 눈
매와 음성이 다소 차가워졌다.

"제가 알아서 처리한다고 말씀드렸습니다."

"알았네. 그리하지."

공손후의 심기를 눈치챈 공손창이 재빨리 입을 다물었
다.

"곡주의 문제는 루주께서 처리한다고 했으니 그렇다 쳐
도 앞으로 수호령주를 어찌 상대해야 할지는 정말 심각한
문제인 것 같소. 삼선까지 당했다면 솔직히 이곳에서 그를
상대할 수 있는 사람은 오직 루주뿐이오."

공손규의 말에 동의를 할 수 없다는 듯 몇몇의 낯빛이 살
짝 굳어졌지만 대다수의 사람은 동의한다는 듯 고개를 끄
덕였다.

"그 문제 또한 차차 생각해 보지요. 당장 떠오르는 해결
책은 없군요. 정 필요하면 제가 직접 나서면 될 것입니다."

"무슨 소리를 하는 것이오? 안 되오. 그건 절대로 안 되
오, 루주."

공손규가 정색을 하며 소리쳤다.

다소 무례하다 여겨질 정도로 큰 목소리였지만 공손후는
그런 기색을 전혀 내비치지 않았다.

"제가 놈에게 당할까 걱정되시는 모양입니다, 숙부님."

"루주의 실력을 못 믿는 것이 아니오. 하지만 삼선이 꺾였소. 그것도 거의 일방적으로. 루주는 삼선과 상대하여 그런 압도적인 승리를 거둘 수 있으시오?"

공손후는 대답 대신 엷은 웃음을 지었다.

그것을 자신감으로 여긴 공손규가 다소 누그러진 음성으로 말을 이었다.

"루주의 표정을 보니 자신이 있는 모양이구려. 정말 고마운 일이오. 하나, 루주의 안위는 비단 루주 개인의 문제가 아니라 루외루 전체 안위가 걸린 문제. 수호령주가 지닌 실력의 한계가 아직 드러나지 않았소. 그것이 명확해지기 전까진 절대 그와 싸우면 안 될 것이오. 이는 루주의 숙부이자 원로원의 원주로서 당부고 간곡한 요청이라오."

공손후는 담담한 눈길로 공손규를 바라보았다.

나름의 욕심을 가지고 있는 이들과는 달리 조금의 사심도 느껴지지 않는 당당한 눈빛. 아마도 그런 눈빛을 지닌 유일한 사람이리라.

세가를, 루외루를 걱정하며 늘 노심초사하는 숙부의 걱정을 덜어주는 것도 나쁘지 않으리란 생각이 들었다.

"알겠습니다. 숙부님의 말씀을 따르도록 하지요."

"고맙소, 루주."

두 사람의 대화가 큰 이견 없이 마무리되자 살짝 안도의 숨을 내뱉은 공손무가 나직이 환종을 불렀다.

"환종."

"예, 원로님."

"의협진가 쪽에선 아직 연락이 없느냐?"

"복천회주의 처리 문제를 문의한 것 이외에는 없습니다. 혹여 수호령주가 의협진가에 도착할지도 모른다고 생각하시는지요?"

환종이 조심히 물었다.

공손무가 묵묵히 고개를 끄덕였다.

"거리상 있을 수 없는 일입니다. 아무리 빠른 말을 타고 달린다고 해도 최소한 오늘 저녁에나 되어야 도착할 수 있을 것입니다."

"안다. 절대 그럴 수 없다는 것은 알지만 자꾸만 불길한 느낌이 들어. 게다가 정오가 다 되어 가는데 아직까지 별다른 연락이 없다는 것도 느낌이 좋지 않고."

"너무 걱정하지 말게. 루외루 역사상 최연소 장로가 몸소 납시지 않았나? 그 친구가 갔으니 큰 문제는 없을 것이야."

조유유의 말에 공손창의 눈썹이 꿈틀댔다.

"어째 말에 뼈가 있는 것 같군."

"그런가? 듣는 사람이 그렇게 들어서 그런 것이겠지. 난 정말 아무런 사심도 없이 내뱉은 말이라네."

조유유가 능글맞게 웃으며 변명을 했지만 공손창은 물론이고 회의실의 그 누구도 조유유의 말을 믿지 않았다.

공손초가 최연소 장로가 되기까지 부친인 공손창이 얼마나 오랫동안 공을 들이고 노력을 했는지 그들은 똑똑히 보았다.

그리고 이를 끝까지 반대한 사람이 조유유라는 것을 그들은 분명히 기억하고 있었다.

*   *   *

마지막 희망이라 할 수 있었던 스무 명의 수하가 목숨을 잃는 데 걸리는 시간은 반각도 채 되지 않았다.

뒤늦게 달려온 공손설악까지 싸움에 합류를 했음에도 진유검의 살수를 막아내지 못했다.

그들이 지닌 힘이 적어도 어지간한 문파 하나 정도는 초토화시킬 수 있다는 것을 감안하면 실로 기가 막힐 일이었다.

놀라운 것은 자신을 막는 루외루의 무인들을 도륙하면서도 진유검의 발걸음이 멈춰지지 않았다는 것이다.

공손초와 공손림이 수하들을 믿고 필사적으로 도망을 쳤

음에도 거리는 그다지 벌어지지 않았다.

공손초와 공손림은 더 이상의 도주를 포기했다.

수하들을 희생했음에도 도주할 수가 없다면 차라리 남은 수하들과 함께 싸우는 것이 목숨을 건질 확률이 높다고 생각했다.

그런 결정을 내렸을 때 목숨을 부지하고 있던 이들의 숫자는 공손설악을 포함해 겨우 세 명에 불과했고 그들이 몸을 돌려 달려가는 사이에도 두 명의 목숨이 또 사라졌다.

슈슈슉!

예리한 파공성과 함께 열두 자루의 비수가 진유검의 목숨을 노리며 날아갔다.

빠르기도 빠르기지만 공손초가 전력을 다해 날린 비수인지라 실린 힘이 예사롭지 않았다.

비수 끝의 색이 조금씩 변색되어 있는 것을 보면 독이 발라져 있는 것이 틀림없었다.

왼쪽에선 악에 받친 공손설악이, 오른쪽에선 한쪽 팔을 잃은 섭종이, 정면에선 부상에서 회복을 하지 못했지만 그래도 곽정산을 쓰러뜨릴 정도로 뛰어난 실력을 지니고 있던 공손림이 달려들었다.

공손초가 던진 비수는 공손림과 진유검이 충돌하기 일보

직전 공손림의 귀와 목, 겨드랑이, 옆구리 등을 아슬아슬하게 스치며 짓쳐 들었다.

아무런 대책도 없는 듯 우두커니 섰던 진유검이 비수를 향해 소맷자락을 휘둘렀다.

그토록 강맹하게 달려들던 비수가 힘을 잃고 흐물거리더니 이내 소맷자락에 휘감겨 버렸다.

공손초의 눈이 경악으로 부릅떠지는 순간, 번룡수(翻龍袖)란 초식으로 공손초의 공격을 순식간에 무력화시킨 진유검이 몸을 빙글 돌리며 소맷자락을 휘둘렀다.

소맷자락에 잡혀 있던 비수들이 회전 방향에 따라 전혀 엉뚱한 목표물을 향해 날아갔다.

섭종은 느닷없이 나타난 비수들을 보고 기겁하여 몸을 틀었다.

하지만 정상적인 몸 상태에서도 버거운 공격을 한쪽 팔이 없는 상황에서 막아내기란 사실상 불가능했다.

몸의 균형도 흐트러져 예전의 빠른 몸놀림이 나오지 않았다.

퍽! 퍽! 퍽!

둔탁한 마찰음과 함께 좌우 가슴과 아랫배에 비수가 박힌 섭종의 몸이 크게 휘청거렸다.

비수가 박히자마자 나타나는 변화가 놀라웠다.

흉신악살처럼 처참히 일그러진 섭종의 낯빛이 순식간에 완전한 흑색으로 변했다.

전신의 심줄이 징그러울 정도로 툭툭 튀어 오르고 사지가 뒤틀리더니 칠공에선 서서히 핏물이 흘러나오기 시작했다.

비명을 지르는 것처럼 입을 쩍 벌렸지만 막상 나오는 소리는 쇠 긁는 소리와 비슷한 괴음이었다.

의미 없는 몸부림을 치던 섭종은 누구의 도움도 받지 못한 채 허무하게 숨이 끊어지고 말았다.

안타까운 것은 그 누구도 섭종의 죽음에 신경을 쓰지 않았다는 것이다.

진유검은 공손림이 젖 먹던 힘까지 짜낸 일격과 바로 뒤에서 따라오던 공손초가 연이어 뿌린 비수를 막기 위해 검을 휘둘렀고 동시에 공손설악의 혈뢰경천수를 상대하기 위해 연화장을 사용했다.

쫘쫘쫘꽝!

마치 수십 개의 진천뢰를 터뜨리는 듯한 폭음.

땅거죽이 뒤집히며 하늘로 솟구친 흙먼지가 시야를 완전히 가렸으며 주변 십장에 엄청난 충격파가 휘몰아쳤다.

흙먼지가 가라앉기도 전, 안에서 몇 번의 충돌음과 처절한 욕설, 비명이 연이어 터져 나왔다.

어느 순간, 그 모든 소음이 거짓말처럼 사라지며 주변에 질식할 것만 같은 적막감이 찾아들었다.

"쿨럭!"

침묵을 깨는 기침 소리가 터져 나왔다.

"림아!"

공손초가 비틀거리는 공손림의 모습을 보고 대경실색하여 달려왔다.

"아버… 지."

입에서 붉은 피를 토해내는 공손림.

그 피에 잘린 내장 조각이 보이는 것을 본 공손초는 아득함을 느껴야만 했다.

"이놈아, 어째서……."

공손초는 절체절명의 순간, 자신의 앞을 막아선 공손림의 행동에 할 말을 잃었다.

공손림의 일격과 공손초가 뿌린 비수는 진유검의 천망을 뚫지 못하고 허무하게 사라졌다.

곧바로 이어진 반격에 공손림은 들고 있던 검과 함께 팔을 잃었다.

공손림의 팔이 허공으로 치솟는 것을 보며 공손초는 마지막 남은 비수를 모조리 날렸다.

그의 손을 떠난 비수의 수는 모두 일곱.

북두칠성의 포진으로 날아든 비수는 마치 일곱 명의 검수가 펼치는 칠성검진을 그대로 옮겨놓은 듯한 착각을 불러일으킬 정도로 변화막측하며 빠르고 날카로웠다.

공손초의 입가에 잔인한 미소가 지어졌다.

최적의 순간, 최상의 힘으로 폭발한 공격이었기에 완벽한 성공을 자신했다.

진유검이 비수를 향해 검을 뻗었다.

바로 그 순간, 공손초는 도저히 믿을 수 없는 광경을 목도하게 되었다.

그가 본 검의 움직임은 단 한 번뿐이다.

그런데 각기 다른 속도, 방향, 그것도 부족해 엄청난 변화를 하며 움직이던 일곱 자루의 비수가 동시에 튕겨져 나갔다.

그것의 의미는 간단했다.

진유검이 눈에 보이지 않을 정도로 빠르게 검을 움직였다는 것이다.

그것도 무려 일곱 번이나.

진유검이 마지막 여덟 번째 검을 움직였을 때, 공손초는 자신을 대신해 진유검의 검을 막아낸 공손림의 얼굴을 볼 수 있었다.

몸을 돌린 공손림은 웃고 있었다.

웃고 있는 얼굴 아래, 목을 뚫고 나온 검을 보면서 공손초는 웃을 수가 없었다.

"아… 버지. 죄송…….."

공손림은 말을 끝맺지도 못하고 고개를 떨구었다.

"림아! 림아!"

공손초가 무너지는 공손림의 몸을 안아 들며 울부짖었다.

그런 공손초를 무시한 눈길로 보고 있던 진유검이 그때까지 공손림의 목을 뚫고 있던 검을 그대로 밀어 넣었다.

"컥!"

외마디 비명과 함께 공손초의 몸이 들썩거렸다.

비명과는 달리 얼굴은 그다지 고통스러워하는 표정이 아니었다.

아버지와 아들의 목숨을 거의 동시에 빼앗은 진유검이 몸을 돌렸다.

뿔뿔이 흩어져 도망간 산적들이나 낭인들은 어차피 하수인에 불과한 것.

의협진가를 공격하여 막대한 피해를 입힌 진정한 흉수 중 살아남은 사람은 이제 단 한 명뿐이었다.

"이, 인간 같… 지도 않은 놈."

공손설악이 좌측 옆구리를 부여잡으며 거칠게 숨을 몰아

쉬었다.

손가락 사이로 보이는 것은 연화장의 흔적이 분명했다.

가공하다는 말로도 부족한 궁극의 내가중수법인 연화장에 당하면 겉으론 멀쩡해도 내부가 크게 상하여 거의 절명하다시피 한다.

하지만 공손설악의 혈뢰경천수도 무림 어디에 내놓아도 손색이 없는, 아니, 가히 몇 손가락 안에 꼽힐 정도로 뛰어난 절학이다.

비록 연화장을 감당해 내지는 못했지만 그 위력만큼은 어느 정도 상쇄를 시켰고 거기엔 지금은 취혼마수라 불리는 천마수의 역할도 상당했다.

'확실히 뭔가 이상한 느낌이었다.'

진유검이 공손설악의 손에 착용되어 있는 천마수를 묘한 눈길로 바라보았다.

정확하게 뭐라고 단정 지어 설명할 수는 없으나 천마의 애병답게 천마수는 분명 신비로운 데가 있었다.

연화장을 공손설악의 옆구리에 작렬시키기 전에 몇 번이나 천마수와 충돌을 한 진유검은 확실히 느낄 수 있었다.

"너 같은 괴물을 만난 줄 알았다면 욕심을 버릴 것을 그랬다. 의협진가와 복천회주는 그 욕심 많은 녀석에게 넘기고 난 뒤로 빠질 걸 그랬어. 그랬다면 이런 꼴은 당하지 않았을 것을."

"욕심 많은 녀석? 혹 어쭙잖게 쾌검을 쓰는 자를 말함인가?"

공손설악의 눈가가 씰룩였다.

"만났나?"

"그런 것 같군."

진유검이 가볍게 고개를 끄덕였다.

"어쭙잖다라."

공손설악은 진유검의 어쭙잖다는 말속에 공손망이 이미 그의 손에 당했음을 확인할 수 있었다.

그리고 진유검이라면 루외루에서도 첫손가락에 꼽히는 쾌검을 보고도 어쭙잖다는 말을 할 자격이 있다고 여겼다.

"쓸데없는 소리는 이제 그만하고 좀 더 중요한 얘기를 나누도록 하지."

"중요한 얘기?"

"루외루."

진유검이 공손설악의 시선을 똑바로 응시하며 말했다.

공손설악도 피하지 않고 그의 눈을 노려보았다.

할 테면 해보라는 듯 비웃음이 가득한 눈길이었다.

"셋을 세겠다. 그동안 선택해라. 네가 알고 있는 모든 것을 밝히고 편히 죽든지 아니면 고통 속에 모든 것을 토설하고 죽을 것인지."

"고문을 하겠다는 것이냐? 마음대로 해라. 그따위 고문을 두려워할 내가 아니다."

공손설악이 당당하게 소리쳤다.

사실 마음만 먹으면 당장에라도 목숨을 끊을 수 있었다.

고문 따위는 조금도 두렵지 않았다.

다소의 고통은 있겠지만 그까짓 고통은 무너진 자존심을 생각하면 발톱의 때만도 못한 것이다.

그저 온갖 고문에도 굴하지 않는 자신을 보며 낭패스러워 할 진유검이 보고 싶을 뿐이었다.

"마음껏 발광을 해봐라. 내 입에선 결코 네가 원… 컥!"

진유검을 조롱하던 공손설악의 입에서 신음이 터져 나왔다.

공손설악의 목덜미를 단숨에 틀어쥔 진유검이 그의 얼굴에 자신의 얼굴을 들이밀었다.

서로의 숨결이 느껴질 정도로 가까이 마주한 얼굴.

진유검의 전신에서 항거할 수 없는 거력이 공손설악을 옥죄기 시작했다.

깊이를 알 수 없을 정도로 착 가라앉은 눈동자 저 끝에서 붉은 기운이 스멀스멀 피어올랐다.

그 붉은 기운을 응시한 공손설악의 눈동자가 파르르 떨렸다.

아직은 작은 불씨에 불과했지만 벌써 부터 혼을 태워 버릴 듯한 강렬한 느낌이었다.

눈을 감아보려 했으나 감겨지지 않았고 고개를 돌리려 했으나 어찌 된 일인지 아예 움직이질 않았다.

작은 불씨에 불과했던 기운이 어느새 활활 타오르기 시작하고 불길이 거세질수록 공손설악은 극도의 공포심을 이기지 못하고 두려움에 떨었다.

진유검은 그런 공손설악을 한참이나 더 지켜본 뒤 천천히 입을 열었다.

"내가 누구냐?"

진유검의 음성은 평소와 다를 바 없었지만 공손설악의 귀에는 영혼까지 뒤흔드는 목소리였다.

"처, 천하 만… 물을 조율하시는 절대자. 위대… 한 사의 종주시며 저의 영원한 주인이십니다."

공손설악이 영혼이 빠져나간 듯한 눈동자와 인간의 감정이 전혀 느껴지지 않는 음성으로 대꾸했다.

"이름이 무엇이냐?"

"공손… 설악."

"이곳에 온 목적은?"

"의협… 진가를 최대한 치… 욕적으로 말살하… 기 위해서입니다."

지그시 입술을 깨문 진유검이 다시 물었다.

"루외루에서 너의 직책은 무엇이냐?"

루외루란 단어에 잠시 멈칫하던 공손설악이 조금 흔들리는 음성으로 답했다.

"혈뢰… 단주를 맡고 있습니다."

진유검이 숨이 차디찬 시신으로 변한 공손초를 가리켰다.

"저자의 이름과 루외루에서의 직책은?"

공손설악은 루외루란 단어에 이번에도 예민하게 반응했다.

"공손… 초. 루… 외… 루의 장로입니다."

루외루란 단어를 언급할 때마다 고통으로 몸부림치는 것을 보면 그의 의식에 어떤 금제가 되어 있음이 틀림없었다.

공포에 짓눌려 있던 눈동자가 마구 흔들리는 것이 이미 이상 작용이 나오고 있는 것 같았다.

더 이상 흔들리기 전에 최대한 많은 것을 알아내야 했다.

"루외루주의 이름이 무엇이냐?"

진유검이 공손설악의 목덜미를 다시 틀어쥐며 물었다.

"루, 루주는… 루… 주의 이름은……."

공손설악이 말을 하려고 입술을 달싹이기는 해도 어떤 벽에 가로막혀 결정적인 대답을 하지 못했다.

"사의 종주요, 너 공손설악의 마음을 지배하고 있는 주인의 이름으로 다시 묻겠다. 루외루주의 이름이 무엇이냐?"

"루, 루주… 는… 루… 주의 이름은… 루주는 공손… 후."

마구 고개를 흔드는 공손설악의 입에서 마침내 공손후라는 이름이 튀어나왔다.

진유검이 자신도 모르게 주먹을 불끈 쥐었다.

"마지막이다. 루외루는 어디에 있느냐?"

"루… 외루는… 루외루는…….."

이번에도 쉽게 대단이 나오지 않았다.

눈자위가 뒤집어지고 입에 거품이 이는 것을 보면 이제 한계가 온 듯했다.

"어디에 있느냐? 네 영혼의 주인이 물었다."

"루외… 루는 루… 크아아악!"

처절한 비명과 함께 공손설악이 머리를 잡고 뒹굴었다.

핏줄이 터진 것인지 시뻘게진 눈에서 핏물이 흘러내렸고 입과 코, 귀에서도 선혈이 보였다.

고통에 몸부림치며 얼마를 바닥을 뒹굴었을까?

잠시나마 이지를 찾은 공손설악은 자신이 무슨 짓을 저

질렀는지 눈치챘다.

"네, 네놈이 사술로 나를……."

공손설악의 안색이 참담하게 변했다.

결코 밝혀져서는 안 되는 비밀을 토설하고 말았다.

어디까지 불었는지는 알 길이 없었다.

그런데 진유검의 표정을 보면 뭔가를 더 알아보고 싶어
하는 기색이 역력했다.

어쩌면 결정적인 비밀은 지켜냈을지 모른다는 생각이 들
어 조금은 마음이 놓였다.

바로 그때, 진유검의 존재가 다시 거대해지기 시작하고
몸이 굳는다는 느낌이 들었다.

행여나 다시금 진유검의 사술에 걸리면 도저히 빠져나올
방법이 없다고 여긴 공손설악은 그 즉시 취혼마수를 자신
의 심장에 박아버렸다.

취혼마수로 가슴을 뚫고 자신의 심장을 움켜쥔 공손설악
이 하얀 웃음을 지었다.

고통 따위는 느껴지지 않았다.

루의 비밀을 끝까지 지켜낼 수 있었다는 안도감만이 그
의 전신을 포근하게 감쌌다.

그런 공손설악을 보며 진유검은 쓴웃음을 짓고 말았다.

공손설악 정도면 공손가에서도 상당히 중요한 직계일 것

이다.

그런 공손설악의 무의식에 금제가 가해져 있을 줄은 상상도 못했다.

'쉽지 않겠군.'

진유검은 생각보다 루외루의 꼬리를 찾아내기가 쉽지 않으리란 생각을 했다.

거칠게 숨을 몰아쉬는 공손설악을 잠시 바라본 진유검이 미련 없이 몸을 돌렸다.

진유검의 발걸음 소리를 들으며 공손설악은 마지막 남은 힘을 쥐어짜서 취혼마수를 쓰다듬었다.

'너에게 천인혈을 취하게 해준다는 약속을 하였건만 지키지 못해서 미안하구나. 그래도 내 심장을 네게 주었으니 너무 원망하지는 마라. 다만 아쉬운 것이 있다면……'

공손설악의 생각은 더 이상 이어지지 않았다.

힘없이 고개를 떨군 공손설악은 취혼마수에 정혈을 흡수당한 여느 목내이처럼 빠르게 말라갔다.

하지만 어느 순간, 취혼마수에서 눈부신 광채가 피어오르는가 싶더니 목내이로 변해 가던 공손설악의 몸이 빠르게 원상복구되기 시작했다.

무엇보다 놀라운 변화는 연화장에 당한 치명적인 내상을 비롯해 그의 몸에 있던 모든 부상이 감쪽같이 회복되었다는 것이다.

"이건 대체……."

공손설악의 변화를 지켜보는 진유검의 눈이 놀라움과 곤혹스러움을 물들었다.

천마수를 회수해 달라는 독고무의 부탁을 깜빡한 자신을 책망하며 몸을 돌리는 순간, 천마수에서 뿜어진 묵빛 광채가 공손설악의 시신을 휘감는 것을 확인했다. 그리고 그 후에 일어나는 말도 안 되는 괴사까지.

천천히 몸을 일으킨 공손설악은 잠시 동안 멍하니 서 있었다.

"나… 는 누구냐?"

공손설악의 입에서 인간의 것이라곤 여겨지지 않을 정도로 괴기한 음성이 흘러나왔다.

눈치를 보아하니 자신을 전혀 기억하지 못하는 것 같았다.

"너의 이름은 공손설악. 루외루 혈뢰단주지. 아무튼 잘되었다. 아직 물어볼 것이 많았는데."

진유검이 활짝 웃으며 소리쳤다.

무엇으로 인해, 어찌 변했든 그와는 별로 상관없는 일이다.

중요한 것은 루외루의 비밀을 밝혀낼 중요한 인물이 다

시 살아났으며 두 번의 실패 없이 루외루의 비밀을 철저하게 파헤치리라는 것이다.

* * *

"성주님!"

군사 제갈명이 지존각의 문을 박차고 들어왔다.

막 식사를 마치고 용정차의 향기에 취해있던 사공백의 안색이 다급한 제갈명의 모습에 딱딱히 굳었다.

"큰일 났습니다."

"결국 의협진가가……."

제갈명이 저토록 호들갑을 떨 일은 의협진가의 일뿐이었다.

무황성에서 할 수 있는 모든 조치를 취하기는 했으나 그것이 얼마만큼 큰 도움이 되었을지는 아직 알 수가 없었다.

"아닙니다, 의협진가의 일이 아닙니다."

"의협진가의 일이 아니다? 하면 대체 무슨… 혹, 세외사패의 일인가?"

"그렇습니다."

"음."

사공백의 입에서 짙은 신음이 흘러나왔다.

"예상보다 너무 빠르군. 군사부와 천목, 신천옹에서의 분석대로라면 최소한 한 달 정도는 준비할 시간이 있을 줄 알았는데 말이야."

"죄송합니다. 야수궁이 이토록 빨리 움직일 줄은 미처 생각하지 못했습니다."

제갈명이 붉어진 얼굴로 고개를 숙였다.

"그런데 야수궁? 세외사패 모두가 움직인 것이 아닌가?"

"아직은 야수궁의 움직임만 확인되었습니다만 조만간 다른 삼패도 움직일 것이라 판단됩니다."

"그렇겠지. 한데 확실히 예상 밖이군. 놈들이 준동을 한다면 가장 호전적인 낭인천이 먼저 움직일 것이라 여겼는데."

"아무래도 천마신교의 움직임과 연관이 있는 것 같습니다."

"천마신교?"

사공백이 의문을 표했다.

"그렇습니다. 이틀 전 무이산의 병력이 은밀히 이동 중이라고 보고를 올렸습니다."

"기억나는군. 혈천마부가 이끌고 있다고 했지. 목표가 복천회였던가?"

"예, 복천회를 치기 위해 항주로 이동 중이었습니다."

"하면 야수궁에서 천마신교의 움직임을 주시하고 있었단 말이군."

"아무래도 그런 것 같습니다. 야수궁은 천마신교의 정예가 복천회를 치기 위해 항주로 이동한 틈을 타 십만대산을 무너뜨릴 생각인 것 같습니다. 항주로 향한 병력을 되돌리기엔 이미 늦었고 무이산에서 다른 병력이 움직인다고 해도 전력의 약화는 불을 보듯 뻔하니까요."

"어쩐지 느낌이 좋지 않더라니. 멍청한 놈들. 대적을 앞에 두고 사소한 원한 관계에 집착해서는."

천마신교의 욕심으로 인해 세외사패에 대한 대비책이 시작부터 삐그덕거린다고 생각했는지 거칠게 찻물을 들이켜는 사공백의 낯빛이 붉게 상기되어 있었다.

"저 멍청한 놈들로 인해 십마대산이 뚫린다고 가정하면 곧바로 호남일세. 어찌 대처를 해야 하는 것인가?"

"무황성의 병력을 돌리기엔 상황이 좋지 않습니다. 이미 상당한 전력이 빙마곡과 낭인천, 마불사를 막기 위해 움직였습니다."

"우리가 천마신교를 너무 믿었군."

사공백의 탄식에 천마신교는 절대로 십만대산을 버릴 수 없다고 주장하며 여유 병력을 다른 곳을 돌려야 한다고 주장했던 제갈명은 고개를 들지 못했다.

"죄송합니다. 제 불찰입니다."

"아니지. 이건 군사의 실수라기보다는 밥그릇 싸움에 정신 나간 천마신교와 그 틈을 잘 노리고 파고든 야수궁의 판단력이 제대로 맞아떨어진 것이라 보는 게 타당할 것 같군."

사공백은 자신의 실수를 자책하는 제갈명을 다독인 후 말을 이어갔다.

"그래도 두 번째 계획안이 있었기에 천만다행이네. 그렇지 않다면 정말로 큰일 날 뻔했어. 한데 남궁세가에도 이 소식을 알렸나?"

"이곳에 오기 전에 전서구를 띄웠습니다만 남궁세가는 이미 야수궁의 움직임을 파악하고 있을 가능성이 높습니다. 호남 아래쪽으론 무황성의 정보력보다 남궁세가의 정보력이 낮다는 것이 이쪽의 정설이니까요."

"인정하긴 싫지만 사실이니 어쩔 수 없지."

쓴웃음을 지은 사공백이 벌떡 일어났다.

"자, 이럴 게 아니라 우리도 움직이지. 당장 회의를 소집하게. 세외사패의 침공이 본격화되었으니 우리도 다시금 머리를 맞대야 하지 않겠나?"

"전령을 보냈으니 금방 모일 것입니다."

제갈명의 빠른 행보에 만족한 미소를 지은 사공박에 발

걸음을 옮기다가 문득 고개를 돌렸다.

"의협진가에서 온 연락은 없고?"

제갈명의 안색이 살짝 어두워졌다. 그리곤 조용히 고개를 저었다.

*   *   *

"도대체 무슨 일이 벌어지고 있는 것인가?"

한참 동안 돌아오지 않는 진유검을 찾기 위해 힘겹게 발걸음을 놀린 진사우는 눈앞에 펼쳐진 광경에 넋을 잃었다.

의협진가를 떠나 여기까지 오는 동안 무수히 많은 시신을 보았다.

사지가 끊어지고 온몸이 짓뭉개져 형체도 알아볼 수 없는 녹림도와 낭인들이 시신을 비롯해 이번 사건의 암중배후라 할 수 있는 루외루의 무인들과 우두머리까지.

진유검의 실력을 익히 알고 있었기에 그 많은 시신을 보면서도 크게 놀란 사람은 없었다.

그런데 지금은 아니었다.

일행의 앞, 작은 야산 하나가 통째로 사라지고 없었다.

수많은 나무가 뿌리째 뽑혀 나가거나 기둥이 잘려 쓰러져 있었고 잘게 쪼개진 암석들이 사방에 널려 있었다.

마치 폭발이라도 있었던 것처럼 곳곳이 움푹 파였는데 그 크기가 예사롭지 않을뿐더러 너무 많아 헤아리기조차 힘들었다.

"이, 이게 대체……."

"기가 막히는군."

독고무와 전풍도 완전히 초토화가 된 주변 풍경을 보며 고개를 절레절레 흔들었다.

"여기서 이럴 게 아니라 빨리 가보자꾸나."

진산우가 거센 충돌음이 들려오는 북쪽 방향을 가리키며 말했다.

"모시겠습니다."

장초가 진산우의 팔을 부축하며 앞으로 전진하자 독고무와 전풍이 바로 뒤를 따랐다.

굳이 소리를 따라갈 필요는 없었다.

너무나도 선명하게 만들어진 충돌의 흔적이 그들을 안내하고 있었기 때문이다.

그 흔적을 따라 이동하길 반각, 일행은 마침내 진유검의 모습을 눈으로 확인할 수 있었다.

그리고 그들은 눈앞에서 벌어지는 광경에 또 한 번 경악을 하였다.

진유검은 완전한 무방비 상태로 자신을 향해 돌격하는

공손설악을 향해 일검을 날렸다.

까깡!

섬광을 뿌리며 날아간 진유검의 검은 날카로운 마찰음과 함께 조용히 사그라들었다.

"크아악!"

흉신악살처럼 일그러진 공손설악의 입에서 듣기 싫은 쇳소리와 튀어나왔다.

검은 천마수에 의해 막혔지만 은밀히 파고든 무흔지가 공손설악의 목덜미를 정확히 가격했기 때문이었다.

그럼에도 공손설악의 목에는 아무런 상처가 나지 않았다

진유검이 발출하는 무흔지는 아름드리나무는 물론이고 한 자 두께의 암석도 뚫을 수 있을 정도로 강력한 힘을 지녔다.

그런데 한낱 인간의 몸을 뚫지 못한 것이다.

물론 공손설악의 반응에서 그가 몹시 고통스러워한다는 것, 그리고 그로 인해 무척이나 화가 났다는 것을 확인할 수 있었지만 어쨌든 눈으로 봐도 믿기 힘든 일이었다.

"흠, 이것도 역시 천마수의 힘인가? 단단하기가 금강불괴를 능가하는군. 그럼 다시 한 번."

진유검이 검을 곧추세우자 검끝에서 솟구친 강기가 햇빛을 받아 투명하게 빛났다.

무려 이 장 높이에 이르는 검강을 뿜어낸 진유검의 모습은 하늘을 수호하는 천장과 신위를 능가할 정도였다.

꽈꽈꽈꽝!

이장에 이르는 검강이 공손설악에게 그대로 내리꽂혔다.

괴성을 지르며 전의를 다진 공손설악이 천마수를 앞으로 뻗었다.

겉으로 보기엔 혈뢰경천수였으나 본질적인 위력 면에서 혈뢰경천수와는 차원이 달랐다.

진유검이 휘두른 검강을 막아내는 것은 물론이거니와 반격까지 꿈꾸었다.

하지만 연이어 펼쳐진 폭뢰를 감당하지 못하고 거의 십여 장 가까이 튕겨져 나가 땅에 처박혔다.

진유검의 이마를 타고 한줄기 땀방울이 흘러내렸다.

그 많은 고수를 상대하면서도 흘리지 않던 땀이었다.

땀을 훔치던 진유검의 표정이 살짝 굳었다.

땅바닥에 처박힌 공손설악의 몸뚱이가 움찔거리는 것을 본 것이다.

지금까지 사용한 무공의 위력이라면 천하에 상대하지 못할 자가 없을 터.

진유검은 새삼스런 눈으로 공손설악을, 아니, 공손설악을 완전한 괴물로 변모시킨 천마수를 응시했다.

"그래도 이번 공격은 조금 먹힌 모양이군."

기가 막힌 표정으로 바라보던 진유검의 입가에 엷은 미소가 비쳤다.

천천히 일어나는 공손설악의 왼쪽 팔은 축 늘어졌고 처참히 짓뭉개진 왼쪽 옆구리에선 부러진 뼈들이 살가죽을 뚫고 삐죽 솟아나와 있었다.

처음으로 성공한 공격, 금강불괴가 깨진 것이다.

그렇다고 싸움이 끝난 것은 아니다.

그것을 증명이라도 하듯 공손설악이 부상을 당하기 전보다 더욱 광포한 기세로 달려들기 시작한 것이다.

"어쩌면 곱게 회수는 못하겠다."

진유검이 유난히 빛나고 있는 천마수를 응시하며 조용히 중얼거렸다.

『천산루』 5권에 계속…

이 시대를 선도하는 이북 사이트

이젠북

www.ezenbook.co.kr

더욱 막강해진 라인업!
최강의 작가들이 보이는 최고의 재미.

이들의 "유료연재"가 시작됩니다!

김재한 『성운을 먹는 자』   태제 『태왕기 현왕전』
홍정훈 『월야환담 광월야』   전진검 『퍼펙트 로드』
이지환 『어린황후』   방태산 『완벽한 인생』
좌백 『천마군림 2부』   왕후장상 『전혁』
김정률 『아나크레온』   설경구 『게임볼』

검색창에 **이젠북** 을 쳐보세요! ▼ Q

마 in 화산

四

FANTASTIC ORIENTAL HEROES

용훈 新무협 판타지 소설

**무림공적, 천살마군 염세악!
검신 한호에게 잡혀 화산에 갇힌 지 백 년.**

와신상담… 절치부심… 복수무한…

세월은 이 모든 것을 잊게 하고
세상마저 그를 잊게 만들었다.
하지만.

"허면 어르신 함자가 어찌 되시는지……."
우연한 만남, 자신도 모르게 튀어나온 원수의 이름.
"그게… 한, 한호일세."

**허무함의 끝에서 예기치 않게 꼬인 행로.
화산파 안[in]의 절세마인, 염세악의 선택!**

Book Publishing CHUNGEORAM

용꿈이 이나는 지원추구~
WWW.chungeoram.com

무경 新무협 판타지 소설

FANTASTIC ORIENTAL HEROES

암제귀환록

마흔에 이르기도 전에 얻은 위명.
암제(暗帝).

무림맹의 충실한 칼날이었던 사내.
그가 무림맹 최후의 날에
모든 것을 후회하며 무릎을 꿇었다.

"만약 그때로 돌아갈 수 있다면……"

사내의 눈이 형용할 수 없는 빛을 토했다.

"혈교는 밤을 두려워하게 될 것이다!"

Book Publishing CHUNGEORAM

유행이 아닌 자유추구 -
WWW. chungeoram.com

성상영 新무협 판타지 소설 FANTASTIC ORIENTAL HEROES

의원귀환

의원귀환

서른다섯의 의무쌍수 장호,
열두 살 소년으로 돌아오다!

황밀교의 음모를 분쇄하고자 동분서주하던
영웅들은 함정에 빠져 몰살의 위기에 처하고……
죽음 직전 마지막 비법을 위해 진기를 모은 순간,
번쩍하는 빛 뒤에 펼쳐진 곳은
23년 전의 세상.

세상의 위험으로부터 가족을 지키기 위한
의원(?) 장호의 고군분투기!

「더 게이머」의 성상영 작가가
선보이는 귀환 무협의 정수!

Book Publishing CHUNGEORAM

유행이 아닌 자유추구 -
WWW.chungeoram.com